DREAMBOOKS

DREAMBOOKS

DREAMBOOKS

오렌 퓨전판타지 장편소설
FUSION FANTASY STORY & ADVENTURE

幻野魔帝
환야의 마제

2

dream books
드림북스

환야의 마제 2

초판 1쇄 인쇄 / 2014년 3월 21일
초판 1쇄 발행 / 2014년 3월 28일

지은이 / 오렌

발행인 / 오영배
책임편집 / 편집부
펴낸 곳 / (주)삼양출판사 · 드림북스

주소 / 서울특별시 강북구 솔샘로67길 92
대표 전화 / 02-980-2112 팩스 / 02-983-0660
편집부 전화 / 02-980-2116 팩스 / 02-983-8201
블로그 / blog.naver.com/dreambookss

등록번호 / 제9-00046호
등록일자 / 1999년 3월 11일

ⓒ 오렌, 2014

값 8,000원

(주)삼양출판사 · 드림북스의 서면 허락 없이는 어떠한
형태나 수단으로도 이 책의 내용을 이용하지 못합니다..

ISBN 978-89-542-5382-6 (04810) / 978-89-542-5380-2 (세트)

* 지은이와 협의하에 인지는 생략합니다.
* 잘못된 책은 구입한 곳에서 바꾸어 드립니다.

이 도서의 국립중앙도서관 출판시도서목록(CIP)은 서지정보유통지원시스홈페이지(http://
seoji.nl.go.kr)와 국가자료공동목록시스템(http://www.nl.go.kr/kolisnet)에서 이용하실 수
있습니다. (CIP제어번호: 2014009184)

2

오렌 퓨전판타지 장편소설

FUSION FANTASY STORY & ADVENTURE

幻野魔帝
환야의 미제

dream books
드림북스

幻野魔帝
환야의 미제

Chapter 1. 마갑 전사 | **007**

Chapter 2. 위기를 기회로! | **033**

Chapter 3. 광전사의 불꽃 | **057**

Chapter 4. 수행원의 의무 | **079**

Chapter 5. 내면의 각성 | **103**

Chapter 6. 맞을수록 강해진다 | **129**

Chapter 7. 두 엘프 미녀 | **155**

Chapter 8. 공포의 회복 마법 | **179**

Chapter 9. 하늘을 우러러 떳떳한 마왕 | **201**

Chapter 10. 초거대 마갑 전사 | **223**

Chapter 11. 정체를 드러내다 | **245**

Chapter 12. 로드의 귀환 | **269**

Chapter 13. 마물이라서 다행이야 | **291**

Chapter 1
마갑 전사

"귀찮으니 한 번에 덤벼라."

천부장 체케의 머리를 단숨에 잘라 버린 후 툭 내뱉은 라우벤의 음성은 나직했지만 리자드맨 철기병들의 귓전에 또렷하게 울려 퍼졌다.

물론 그들의 대부분은 인간의 말을 모르기에 라우벤이 무슨 말을 했는지 이해하지 못했다. 그러나 꼭 말을 알아들어야 상황을 이해할 수 있는 것은 아니었다. 라우벤의 음성과 표정에 귀찮음이 잔뜩 배어 있었기에, 인간의 말을 전혀 모르는 리자드맨들도 대충 그가 무슨 말을 했는지 충분히 이해하고도 남았다.

너희들 따위는 내 상대가 아니다. 일일이 죽이기 귀찮으니 한 번에 덤벼라.

딱 이런 분위기의 표정과 인상이랄까? 한마디로 그는 먼터 왕국의 중남부를 초토화시켰던 리자드맨 군단의 최정예 부대인 철기병들을 정말로 무슨 우물가에 서식하고 있는 도마뱀 취급을 하고 있었다.

모욕도 이런 모욕이 없으리라. 따라서 리자드맨 철기병들로서는 저 건방진 표정을 짓고 있는 인간 녀석을 짓밟아 버려야 정상이었다.

그러나 그들 중 누구도 감히 앞으로 나서지 못했다. 그것은 리자드맨 철기병들 중 최강의 무력을 지녔던 천부장 체케가 제대로 대도 한 번 휘둘러 보지 못한 채 목이 잘린 장면을 목격했기 때문이다.

'끄긱! 저자는 대체 누구인가? 인간 중에 어찌 저토록 강한 자가 있다는 말인가? 가만, 그러고 보니 저 붉은 머리는…… 설마?'

체케와 더불어 리자드맨 철기병을 이끌고 있는 천부장 러크는 불현듯 한 가지 섬뜩한 기억이 떠올랐다. 10여 년 전, 붉은 머리에 살벌한 인상을 가진 한 인간에 의해 먼터 왕국을 토벌하고자 했던 사브라족의 염원이 좌절된 적이 있었다.

'그, 그렇군. 저놈이 바로 그놈이 분명하다.'

러크는 자신들의 앞을 가로막은 저 무지막지한 사내가 바로 붉은 숲의 검사 라우벤임을 비로소 확신할 수 있었다.

그는 즉시 만부장 데슈를 향해 달려가 그 사실을 보고했다.

천부장 러크로부터 붉은 숲의 검사 라우벤이 나타났다는 보고를 들은 데슈의 두 눈에서 푸른 불꽃이 번뜩였다.

"끄긱! 지금 붉은 숲의 검사 라우벤이라 했느냐?"

"끄, 끄긱! 그렇습니다."

데슈의 두 눈에서 푸른 섬광이 일어나는 것을 본 러크는 몸을 떨었다.

'각성자 데슈 님이 분노하셨다. 끄긱! 저 인간 놈은 이제 죽었다.'

5만이 넘는 사브라족의 전사 중 다섯 손가락 안에 드는 실력을 가진 만부장, 폭풍의 데슈. 무엇보다 데슈는 사브라족의 각성자 중 하나였다.

각성자(覺醒者)는 리자드맨의 한계를 초월해 남부 어둠의 숲에 전해 오는 전설을 계승한 자로, 그로 인해 사브라족의 모든 전사들은 그를 폭풍의 데슈라 불렀다.

"끄긱! 러크, 말하라. 놈이 십 년 전 본 족의 대업을 좌절시킨 그 붉은 머리 잡놈이 분명하느냐?"

"끄기긱! 분명하옵니다."

순간 데슈의 두 눈에서 다시 푸른 섬광이 번뜩였다. 그는 입을 크게 벌리며 웃었다.

"꾸하하하하하! 놈이 이곳 영지 어딘가에 숨어 있다는 말이 정말이었군. 그렇다면 나 폭풍의 데슈가 놈을 상대해 주겠다. 모두 물러나라."

"끄긱! 명을 받듭니다."

러크는 그 즉시 철기병들을 불러들였다. 그들뿐 아니라 쉬드 성을 향해 진군하던 리자드맨 병사들이 일제히 멈춰섰다.

히히히히힝!

대열의 중앙이 땅이 갈라지듯 벌어지더니 그 사이로 흑색의 전마를 탄 푸른 철갑의 리자드맨 하나가 힘차게 달려 나왔다.

두두두두-

갑자기 리자드맨 철기병들이 물러나고 푸른 철갑의 리자드맨 장수가 돌진해 오는 모습을 라우벤은 시큰둥한 눈빛으로 쳐다봤다.

"뭐냐, 저놈은?"

한 번에 덤비라고 했는데 고작 한 놈이 달려 나올 줄이야. 은은한 빛이 서린 푸른 철갑이 심상치 않아 보이긴 했지만, 그렇다고 그것이 무슨 대단한 위력을 발휘할 것이란 생각을 하진 않았다.

그러나 잠시 후, 리자드맨이 그의 앞쪽까지 다가와 전마에서 훌쩍 뛰어내리는 순간, 라우벤은 깜짝 놀라고 말았다. 리자드맨 장수가 장착한 철갑에서 강렬한 빛이 발산되더니 돌연 그것의 몸체가 무려 세 배나 커져 버린 탓이었다.

쿠쿠쿠쿵!

본래 2로빗 정도였던 리자드맨 장수의 키가 6로빗으로 늘어난 것까지야 그렇다 치자. 그런데 철갑 또한 그에 맞게 거대해지다니, 이게 웬일?

거대 철갑 전사!

그것은 단순히 철갑을 두른 덩치 큰 몬스터가 아니었다. 놀랍게도 라우벤이 전력을 다하지 않으면 버티기 힘들 만큼 숨 막히는 가공할 기세가 뿜어져 나왔다.

'설마 마갑주라는 건가? 몬스터 따위가 어찌 저런 보물을!'

라우벤의 인상이 구겨졌다. 마갑주(魔甲胄)는 대략 오백여 년 전에 한 번 출현한 적 있는 신비한 보물로, 엄청난 위력의 마법이 깃들어 있다는 전설의 갑주였다. 그것이 실존하는 것도 놀라운데, 하필이면 리자드맨 따위가 마갑주의 전설을 얻었을 줄이야.

"끄끄끅! 사브라족의 원수! 그렇지 않아도 네놈을 찾고 있었다. 십 년 전의 복수를 해주마."

데슈의 두 눈에서 섬뜩한 푸른 광망이 번뜩이는가 싶더니 그것의 손에서 검신의 길이가 물경 5로빗은 되어 보이는 거대 중검(重劍)이 생겨났다.

츠으으읏!

푸른 광채에 휩싸인 거검. 그것은 생성 즉시 라우벤을 향해 번쩍 날아들었다.

쑤이이익!

상공에서 푸른 번개가 내리 떨어지는 듯 수직으로 날아드는 거검의 공세는 그야말로 가공할 만했지만.

까아앙!

라우벤은 대검을 번쩍 들어 그것을 받아 냈다. 아마 다른 이들이라면 맞받지 않고 피하려 했을 것이다. 검신의 길이만 5로빗이 넘어가는 거검을 섣불리 받아 내려 했다가는 검과 함께 반쪽이 나고 말 테니까.

까강! 까아앙!

그러나 라우벤이 누구인가? 평소 마나를 한 줌도 끌어올리지 않고도 한 손으로 대검을 휘두르는 괴력을 가진 그였다. 지금껏 그가 휘두른 대검을 상대가 피한 적은 있어도 그 반대의 경우는 없었다.

물론 유일한 예외가 있다면 그의 로드인 샤크이지만, 그는 당연히 예외의 존재이니 거론할 필요도 없다. 따라서 그를 제외한다면 라우벤의 사전에 상대의 공격을 맞받지 않고 피한다는 것은 있을 수 없는 일이었다. 제아무리 가공할 위력을 지녔다는 마갑 전사의 거검이라 할지라도.

까앙! 까가강!

놀랍게도 리자드맨 마갑 전사 데슈의 거검을 라우벤은 가볍게 받아 냈다. 심지어 매섭게 반격을 가하기도 했다.

이에 경악한 것은 데슈였다. 그로서는 마갑과 거검을 장착한 자신의 공격을 라우벤이 막아 냈다는 것이 믿기지 않았다. 그가 아무리 10여 년 전 전설적 무위를 떨쳤던 붉은 숲의 검사라지만, 어찌 마갑 전사의 힘 앞에 맞설 수 있단 말인가.

'끄긱! 네놈이 과연 이것까지 버틸 수 있나 보자.'

데슈의 움직임이 돌연 빨라지더니 곧바로 그를 폭풍의 데슈라 불리게 만든 마갑주의 능력이 발휘되었다.

쒸이! 휘이이이이-

갑자기 주위가 어두워지면서 거대한 돌풍이 일어났다. 라우벤의 신형은 그 돌풍에 휘말려 까마득한 상공으로 올라가 버렸다.

'크! 이, 이게 대체!'

그야말로 눈 깜짝할 사이에 벌어진 일이었다. 더더욱 어이가 없는 것은, 그를 그토록 순식간에 상공으로 날려 버린 돌풍이 그 즉시 소멸되어 버렸다는 것. 그로 인해 그는 그대로 지상을 향해 추락하기 시작했다.

 '망할 리자드맨 놈! 날 낙사시키겠다는 속셈인가 본데, 순순히 당할 것 같으냐?'

 리자드맨 마갑 전사의 기괴한 마법은 실로 가슴이 서늘해질 만큼 섬뜩한 위력이 있었다. 만일 예전의 라우벤이었다면 지금과 같은 상황에서 무사하긴 힘들었으리라.

 그러나 그랜드 마스터가 된 지금의 그에게 이 정도는 위기라 할 수도 없었다. 그가 단순히 검술에 있어서만 그랜드 마스터가 된 것이 아니라 마나의 운용도 그 못지않은 경지에 이르렀기 때문이다.

 상공에서 거대한 바위가 떨어지듯 빠른 속도로 낙하하던 라우벤의 신형이 지상에 이르기 직전 급정지하더니 마치 깃털처럼 가볍게 착지했다.

 그것을 본 데슈의 입이 쩍 벌어졌다.

 '끄긱! 저런 말도 안 되는 능력이……!'

 그는 조금 전 자신이 펼친 스톰 블로우라는 마법에 죽지는 않더라도 라우벤이 치명상을 면치 못하리라 확신했다. 하다못해 팔다리라도 부러져야 정상인 것이다.

그러나 라우벤은 멀쩡했다. 오히려 입가에 짙은 미소를 흘리며 성큼 다가왔다.

"크흐흐! 네놈 덕분에 이 넓은 사방이 한눈에 들어오는 경험도 해보고 아주 흥미롭구나. 그따위 잔재주는 그만 피우고, 제대로 싸워 보는 게 어떠냐?"

"끄긱! 건방진!"

데슈는 라우벤의 말을 알아듣지 못했지만 그가 자신을 놀리고 있다는 것쯤은 눈치챘다. 광분한 그는 거검을 마구 휘두르며 돌진했다. 마갑주의 능력 덕분인지 그의 움직임은 끊임없이 분신을 만들어 낼 만큼 빨랐다.

"흥! 제법이지만 아직 멀었다."

라우벤은 가볍게 대검을 휘둘렀을 뿐이다. 그런데 그것이 데슈의 앞에 이르렀을 때는 무려 수백 개의 검영을 이루며 날아들었다. 데슈는 흠칫 놀라며 그것들을 막았다.

쿠쾅! 콰콰콰쾅-!

또다시 거검과 대검의 격돌이 한동안 이어졌다. 아까와 달리 라우벤이 공격하고 데슈가 그것을 막아 내는 식이었다. 놀랍게도 데슈는 우박처럼 내리 떨어지는 라우벤의 검격들을 어렵지 않게 모조리 방어해 냈다.

'제기랄! 아무리 마갑을 입었다지만 한낱 리자드맨 따위가 어찌 수라광살검법을 받아 낸다는 말인가?'

라우벤의 인상이 구겨졌다. 그는 로드인 샤크에게 두 가지 검법을 전수받았다. 하나는 방금 펼친 수라광살검법이고, 다른 하나는 그보다 몇 배 강력한 천마구검식이었다.

  비록 수라광살검법이 천마구검식에 비해 위력이 현저히 떨어진다 해도 먼터 왕국은 물론이고 클라우드 대륙 전체에서 그것을 받아 낼 만한 이는 거의 없으리라 확신했던 라우벤이었다. 그런데 그것을 리자드맨 마갑 전사가 막아 냈으니 그로서는 충격이 아닐 수 없었다.

  '예전의 나였다면 저놈을 이기기 힘들었겠군.'

  샤크를 만나 검법을 배우지 않았다면 그는 오늘 무력하게 무너지고 말았을 것이다. 왠지 지난 3년간 개처럼 맞아 가며 검법을 배운 보람이 느껴지는 순간이었다.

  "큭! 어쨌든 대단하구나. 그러나 이만 끝내자. 놀이는 이제 그만이다."

  스윽.

  마갑 전사 데슈 못지않게 빨리 움직이던 라우벤의 신형이 돌연 우뚝 멈춰 섰다. 그는 대검을 머리 위로 번쩍 곧추세운 채 데슈를 노려봤다.

  섬뜩.

  그 순간 데슈의 몸이 떨렸다. 라우벤은 그저 검을 하늘 위로 추켜올렸을 뿐이다. 그런데 데슈는 갑자기 달라진 그의 기세에 숨을 쉴 수가 없었다.

콰르르릉!

마치 하늘이 갈라지는 듯한 착각과 함께 상공에서 거대한 대검이 곧바로 내리 떨어졌다. 물론 그것은 오직 데슈의 두 눈에만 보이는 환상이었다.

'끄, 끄긱!'

그는 깜짝 놀라 피하려 했지만 대검은 이미 그의 몸을 반쪽으로 갈라 버렸다.

서컥!

정수리부터 시큰한 느낌이 드는 순간, 다시 대검이 수평으로 날아들었다. 무려 세 개의 수평선을 그리며 날아드는 대검의 공세는 데슈가 피할 수 있는 성질의 것이 아니었다.

"꾸아아아악!"

팍! 파팍!

스커커컥!

수직으로 한 번, 수평으로 세 번!

그로 인해 데슈는 여섯 등분으로 잘려 널브러졌다. 마갑주가 형성한 방어력이 아무리 강력하다 해도 그랜드 마스터만이 펼칠 수 있는 인텐스 오러 블레이드의 강력한 극검강(極劍罡) 앞에서는 무력할 뿐이었다.

'흐! 고작 제일 식을 펼쳤을 뿐인데.'

천마구검식의 가공할 위력에 그것을 펼친 스스로도 놀란 라우벤이었다. 그런데 바로 그 순간, 라우벤의 대검에 잘려 바닥으로 널브러진 마갑주가 짙푸른 광채를 발하는 것이 아닌가?

화아아아! 화아아아악!

눈부신 광채와 함께 마갑주의 조각들이 한데 합쳐지더니 본래의 형체로 복원되었다. 리자드맨 만부장 데슈의 몸체는 증발하듯 어디론가 사라져 버렸고, 속이 텅 빈 푸른 갑주만 우뚝 서 있었다.

"크크크! 놀랍도다, 용맹한 전사여. 그대라면 스톰의 전설을 계승할 자격이 있다. 이제 내게 충성을 맹세하라. 그리하면 스톰의 힘이 그대에게 계승될 것이다."

사이하면서도 선명한 음성은 라우벤에게 충성을 요구하고 있었다. 마갑주와 관련된 어떤 신비한 존재임이 분명했다.

'스톰의 전설을 계승한다? 그렇다면 저 마갑주를 내게 준다는 건가?'

라우벤의 두 눈이 커졌다. 클라우드 대륙의 전설적인 보물이라는 마갑주! 만일 저것을 갖게 되면 지금보다 훨씬 강한 힘을 얻게 될 것이다.

그는 리자드맨 만부장 데슈가 마갑주를 통해 무려 세 배의 키로 커진 것을 목격했다. 그 역시 그와 같은 상태로 변한다면 가히 무적이나 다름없으리라.

그러나 라우벤은 결단코 마갑주에게 충성을 맹세할 생각이 없었다. 그 이유는 그에게는 이미 충성의 대상이 존재하기 때문이다. 물론 그 대상은 그의 로드인 샤크였다.

그리고 보니 샤크가 가장 싫어하는 것이 배신 아니었던가? 배신하면 죽인다는 협박이 떠오른 순간, 라우벤은 등골이 서늘해졌다.

"크크크! 무엇을 망설이는가? 어서 내게 충성을 맹세하라. 그럼 위대한 스톰의 전설이 그대에게 이어지리라."

"그보다 너는 누구냐?"

라우벤이 물었다. 그러자 마갑주로부터 다시 음성이 들려왔다.

"그대가 내게 충성하면 내가 누군지 저절로 알게 될 것이다. 어서 무릎 꿇고 내게 절하라. 그대는 스톰의 위대한 힘을 얻게 될 것이다."

라우벤이 한쪽 입가를 비틀더니 침을 탁 내뱉으며 외쳤다.

"나보고 네게 충성하라 이거냐?"

순간 그의 태도가 못마땅한지 마갑주에 살짝 진동이 일었다.

"물론이다. 어서 내게 공손히 엎드려 경배하라. 그럼 네게 대륙을 지배할 힘을 주도록 하겠다."

"개소리."

"뭐라?"

"입 닥치고 이거나 받아라."

라우벤의 두 눈이 번뜩이는가 싶더니 그의 대검이 마갑주를 수평으로 갈라 버렸다.

서컥! 서커커커컥!

단 한 번의 검격인 것 같지만 무려 수십여 개의 검영이 마갑주를 휩쓸었다. 그러나 수백 개의 조각으로 잘린 마갑주는 이내 푸른 광채를 발하며 다시 합쳐지더니 상공으로 날아올랐다.

"크크크! 어리석은 놈! 한낱 인간 따위가 내게 대항하다니, 이제 곧 그 어리석음의 대가를 치르게 될 것이다. 크크크! 크카카카캇—!"

뇌성처럼 울려 퍼진 그 음성은 마갑주의 푸른 광채와 함께 상공 저편으로 사라져 버렸다. 누가 봐도 심상치 않은 일이 벌어질 것 같았지만 라우벤은 눈 하나 깜짝하지 않았다.

"크흐! 어리석음의 대가라."

라우벤은 비릿한 미소를 띠더니 멀리서 불안한 표정으로

자신을 쳐다보고 있는 리자드맨 병사들을 노려봤다.

"좋아. 네놈들이야말로 어리석음의 대가를 치르게 해주지. 모조리 뭉개 주마."

라우벤의 두 눈에서 다시 섬광 같은 빛이 번뜩였고, 그의 신형이 마치 광풍처럼 리자드맨 부대를 향해 돌진했다.

"끄, 끄긱! 놈이 온다. 막아라."

"끄긱! 막을 수 없습니다. 피, 피해야 합니다."

만부장 지휘관이자 사브라족의 영웅이던 각성자 데슈가 무력하게 죽임당하는 것을 본 리자드맨 병사들은 이미 전의를 상실한 지 오래였다.

그러다 보니 천부장들이 아무리 그들을 독려해 전열을 정비하려 해도 통제가 되지 않았다. 물론 그들이 전열을 정비해 맞선다 해도 상황이 크게 달라질 것은 없겠지만.

"크하하하! 뒈져랏!"

스파파팟-

가장 먼저 천부장 지휘관들의 목이 날아갔다. 라우벤의 대검이 번쩍일 때마다 리자드맨들이 한 번에 10여 마리, 많게는 수십 마리씩 반쪽이 되어 널브러졌다. 그야말로 일방적이면서도 잔혹한 학살이었다.

"꾸아아악! 피해라."

"끄긱! 끄아악!"

리자드맨들은 혼비백산하여 달아나기 바빴다. 수천 마리의 리자드맨들이 고작 한 명에게 쫓겨 달아나는 장면을 쉬드 성의 수비병들은 입을 쩍 벌리고 지켜봤다.

"세상에, 혼자서 저 많은 리자드맨들을!"

"으으! 저분은 사람이 아니라 신일 거야."

라우벤은 그야말로 일대다(一對多) 전투의 전설을 보여 주었다. 그로 인해 쉬드 성을 향해 기세 좋게 진군해 왔던 리자드맨들 중 무려 2천여 마리가 죽임을 당했고 나머지는 뿔뿔이 흩어져 달아나 버렸다.

"끝났군."

라우벤은 산처럼 쌓여 있는 리자드맨들의 사체를 밟고 서 있었다. 그러다 이내 대검을 어깨에 둘러메고 터벅터벅 성을 향해 돌아왔다.

그때까지 멍하니 그 장면을 쳐다보고 있던 쉬드 성의 병사들은 하나둘 무기를 힘차게 올리며 함성을 질렀다.

"와아아아! 리자드맨들이 물러갔다!"

"와하하! 우리가 승리했다!"

"위대한 붉은 숲의 검사 만세!"

그토록 두려웠던 리자드맨들이 공포에 떨며 달아나는 장면은 그들에게 일종의 경이로움을 주었다.

클라우드 대륙의 전설적 보물이라는 마갑주마저 쪼개 버

린 라우벤의 위용은 먼터 왕국에 또 하나의 새로운 전설을 만들어 냈다.

대체 리자드맨들이 저리 약했던 것인가? 저따위 허접한 녀석들이 그토록 두려워 떨고 있었던 것일까?

물론 실상은 리자드맨들이 약한 것이 아니라 라우벤이 너무 강한 것이었지만, 일방적으로 겁에 질려 달아나는 리자드맨들의 모습을 본 병사들의 기가 살아난 것은 당연한 일이었다. 심지어 감정에 복받친 듯 눈물을 흘리는 이들도 보였다.

그사이 라우벤이 샤크를 향해 다가와 말했다.

"대충 정리했습니다, 로드."

"수고했다. 쉬도록."

"흐흐, 별일도 아니었는데 쉴 것까지 있겠습니까?"

"그건 그렇군."

라우벤은 마치 산책이라도 다녀온 듯 숨소리 하나 거칠어지지 않았다. 아무리 일방적인 학살이었다 해도 꽤 험한 격전을 벌인 것은 사실 아닌가?

무려 2천여 마리의 리자드맨들이 그의 손에 죽임을 당했다. 그런데도 별일 아니라는 듯이 얘기하는 그의 말도 그렇지만, 그것을 또 당연하다는 듯 받아들이는 샤크의 태도 또한 기막힌 일이 아닐 수 없었다.

"정말 감사합니다, 라우벤 님. 덕분에 오마다 영지가 무사할 수 있게 되었습니다."

영주 롤란드가 다가와 정중히 허리를 숙였다. 그의 여동생 에마를 비롯해 기사 찰스와 던컨 등도 일제히 다가와 경의를 표했다. 그러자 라우벤은 시큰둥한 표정으로 코웃음 치며 대꾸했다.

"흐흐! 내게 감사할 것 없다, 오마다 백작. 감사하려면 저기 비니안에게 해라. 나는 저 아이가 아니었으면 이곳에 올 일도 없었을 테니."

"하하하. 그래도 어찌 그럴 수 있겠습니까? 이건 부족하나마 제가 드리는 성의이니 받아 주십시오."

롤란드는 금화가 가득 들어 있는 두툼한 주머니 하나를 건네려 했다. 순간 라우벤이 대놓고 기분 나쁘다는 듯 인상을 쓰며 말했다.

"크크큭! 너는 날 잘 모르고 있군. 나에 대해 안다면 내가 이런 걸 바라고 한 일이 아님도 잘 알 텐데."

"기분 나쁘셨다면 용서하십시오. 저는 그저 감사한 마음에 작은 성의를 보이려 한 것뿐이었습니다."

롤란드는 어색하게 웃었다. 그 역시 라우벤이 결코 자발적으로 나서서 리자드맨들과 맞서 싸운 것이 아님을 잘 알고 있었다. 정말로 비니안이 배 째라는 식으로 쉬드 성에

오지 않았으면 라우벤은 블러디 포레스트에서 한 발짝도 움직이지 않았을 것이다.

그런 만큼 그로서는 라우벤에게 어떤 식으로든 성의를 보이지 않을 수 없었다. 비니안을 숲에서 이곳으로 데려온 것이 바로 그였으니 말이다.

그때 비니안이 라우벤을 보며 투덜거렸다.

"쳇! 아빠도 너무해요. 성의를 표하면 받아 주는 게 예의죠. 지금처럼 사람을 무안하게 하는 건 실례 아닐까요?"

"닥쳐라! 너야말로 감히 아빠에게 말도 없이 숲을 떠나 놓고 무슨 할 말이 있는 거냐? 돌아가서 단단히 혼날 줄 알아."

라우벤이 펄쩍 뛰며 말했다. 비니안은 입을 삐죽였지만 더 이상 라우벤을 자극하지는 않았다.

그녀는 라우벤이 진짜로 화가 났음을 알고 있었다. 그가 다른 일에는 관대해도 비니안이 블러디 포레스트를 벗어나는 것만은 용서하지 않으려 했기 때문이다.

그때 샤크가 기이한 눈빛으로 라우벤과 비니안을 노려보더니 싸늘한 음성으로 말했다.

"역시 배신을 한 것이었나. 쯧! 난 또 혐의 때문이라고 해서 그런 줄 알았는데, 그게 아니었다면 심각하군. 아빠를 배신하는 파렴치한 딸이라면 사람 되기는 틀렸을 테니……."

라우벤은 순간 흠칫했다. 비니안이 오마다 백작을 두둔하자 울컥 홧김에 말이 잘못 나온 것이 문제였다.

"하핫! 배신이라니요? 아까도 말씀드렸지만 비니안은 배신을 한 것이 아니라 협의를 위해서 잠시 절차를 생략했을 뿐입니다. 생각해 보십시오, 로드. 만일 비니안이 아니었다면 지금쯤 이곳 영지는 리자드맨들에 의해 폐허로 변했지 않겠습니까?"

샤크가 미심쩍은 눈빛으로 물었다.

"흠! 정말로 그리 생각하는 건가?"

"물론입니다, 로드. 그렇지 않으냐, 비니안?"

"호호! 물론이죠."

딸이 위기에 처하자 다시 딸을 변호하는 라우벤이었다. 그럴 수밖에 없었다. 샤크에게 맡겨 두면 비니안은 어떤 끔찍한 일을 당할지 모르는 것이다. 샤크는 비니안이 여자라고 해서 봐줄 만한 위인이 아니었다.

하지만 속으로는 울상을 짓지 않을 수 없었다.

'크! 이거 로드 때문에 저 녀석을 혼내지도 못하고.'

어쩌다 보니 샤크가 비니안의 편을 들어주고 있는 형국이었다. 그러나 사실 샤크는 비니안을 이용해 라우벤으로 하여금 리자드맨들을 토벌하게 만들 속셈으로 그렇게 말한 것이었다.

 전생의 그였다면 이런 일이 벌어졌을 때 발 벗고 나서 리자드맨들을 토벌했겠지만, 이젠 그가 직접 나서고 싶은 생각이 별로 없었다.

 그렇다고 몬스터에게 사람들이 죽어 나간다는데 방치하자니 그것도 유쾌하지 않았다. 아예 몰랐으면 모를까, 그것을 알게 된 이상 좌시하는 건 심히 마음이 불편한 일이었다.

 그러나 무슨 고민인가? 듬직한 부하가 있는데 말이다. 이럴 때 부려 먹기 딱 좋은 부하가 하나 있으니, 그의 이름은 다름 아닌 라우벤이었다.

 샤크의 이러한 내심을 모르는 비니안은 뜻밖의 상황에 어리둥절했지만 속으로는 환호했다. 왠지 샤크가 자신의 편을 들어주고 있는 것 같아서였다. 그러나 워낙 변덕이 심한 샤크의 성격을 알고 있는 터라 왠지 불안하긴 했다.

 '대체 무슨 꿍꿍이로 날 봐주는 걸까?'

 그러다 비니안은 문득 묘한 눈빛으로 샤크를 쳐다봤다. 워낙 자아도취가 강한 탓인지, 그녀는 샤크가 혹시 자신을 좋아하고 있어서가 아닌가 하는 의심이 들었다.

 '호호! 틀림없어. 하긴, 나처럼 예쁜 여자를 싫어한다는 건 말도 안 되는 소리야.'

사실 그녀도 숲에만 있을 때는 이런 자신감이 생기지 않았다. 샤크가 그녀를 무슨 지나가는 새 취급하듯 대하며 아무런 관심도 두지 않으니 외모에 대한 자신감이 많이 떨어져 있었던 것이다.

그러나 롤란드 등과 조우한 순간부터 그녀는 자신감을 되찾았다. 롤란드와 그의 기사들, 종자들이 넋을 잃고 그녀를 쳐다본 것부터 시작해, 이곳 쉬드 성에서도 모든 남자들의 시선을 한몸에 받고 있었기 때문이다.

그로 인해 기고만장해진 그녀는 도도하면서도 은근한 미소를 지으며 샤크를 쳐다봤다. 왠지 가슴이 두근거렸다.

'그러고 보면 로드처럼 완벽한 남자는 없을 거야. 아빠보다 강하고, 세상 누구보다 잘생겼고. 뭐, 저 정도면 충분히 내 남자가 될 자격이 있지 않겠어? 후훗! 날 좋아하면 진작 고백할 것이지, 소심한 로드 같으니.'

그런 그녀의 눈빛과 마주한 샤크는 어이가 없어 실소를 흘렸다.

'쯧! 쓸데없는 생각을 하고 있군.'

샤크는 비니안이 무슨 생각을 하는지 대략 짐작했다. 물론 비니안은 무척 아름다웠다. 그야말로 절세의 미모를 가진 것이 사실이다. 아마도 그가 인간의 몸을 가지고 있었다면 어느 정도 비니안의 외모에 반했을지도 모른다.

그러나 안타깝게도 그는 인간이 아닌 마왕이었다. 비록 인간의 자아를 가지고 있지만 육체가 마왕인 이상 인간은 그저 그의 먹잇감으로만 느껴질 수밖에 없었다.

다시 말해 샤크의 눈에는 비니안이 보기 좋은 음식에 불과할 뿐이다. 비니안뿐만 아니라 쉬드 성의 모든 인간들, 성 밖에 산처럼 쌓여 있는 리자드맨들의 사체도 마찬가지였다.

그가 초인, 아니 초마왕적인 의지로 그것을 제어하며 내색하지 않고 있는 것을 그녀가 어찌 짐작이나 할 수 있겠는가.

어쨌든 샤크는 두 번 다시 비니안이 쓸데없는 생각을 하지 못하도록 만들기로 했다. 전생에서도 그랬지만 그가 가장 귀찮고 번거로워하는 것이 남녀 간의 감정 관계에 얽히는 것이었으니까.

Chapter 2
위기를 기회로!

화악!

일순 샤크의 두 눈에서 섬뜩한 홍광(紅光)이 번쩍였다.

"비니안! 내게 무슨 할 말이 있느냐?"

"아, 아무것도 아니에요."

비니안은 가슴이 철렁 내려앉는 듯했다. 방금 전 그녀는 샤크의 두 눈에서 그야말로 꿈에 볼까 두려울 만큼 소름 끼치는 살기를 느꼈다.

'저건 인간의 눈빛이 아니야.'

인간을 먹잇감으로만 보는 몬스터에게서나 볼 수 있을 법한 섬뜩함. 굳이 말하자면 포식자의 눈빛이었다. 그로 인해 비니안은 잠시 샤크를 향해 품었던 장밋빛 환상을 별나라로 보내 버렸다.

'내가 잠시 미쳤었나 봐. 하긴, 저 무지막지한 위인이 날 좋아할 리 없지.'

비니안의 안색이 창백하게 변하며 시선을 피하는 것을 본 샤크는 왠지 씁쓸한 기분이 들지 않을 수 없었다. 물론 자신이 의도한 바대로 된 것이지만 인간을 먹잇감으로 보는 포식자의 육체를 가진 것이 어찌 유쾌할 수 있겠는가.

꿀꺽!

그런데 그러한 내심과 달리 어느새 그의 입속엔 침이 고여 있었다. 비록 순간적이지만 비니안을 향해 포식자의 본능을 숨김없이 드러낸 것이 문제였다.

포식 욕구를 애써 잘 누르고 있을 땐 괜찮았는데 일시적으로 그 제약을 풀어 버리자 그것을 다시 가다듬기가 무척 힘들었다. 당장 달려가 비니안을 잡아먹고 싶을 정도로.

사실 지난 3년 동안 블러디 포레스트에서 샤크가 비니안과 마주칠 일은 별로 없었다. 그는 라우벤과 결투를 벌일 때를 제외하고는 숲에서 홀로 명상을 하며 지냈기 때문이다.

물론 이따금씩 비니안을 볼 때도 있었지만 항시 스스로 강하게 본능을 제어하고 있었을 뿐 아니라 무엇보다 지금처럼 스스로 포식 욕구를 개방해 본 적은 없었다.

'제길! 차라리 쳐다보지 말자.'

샤크는 황급히 고개를 돌렸다. 비니안을 쳐다보고 있으니 포식 욕구가 더욱 강해지는 듯했다. 한번 일어난 식욕은 억누르기 힘들었다.

그러나 어딜 봐도 온통 먹을거리였다. 쉬드 성에는 먹음직한 인간들이 널려 있었다. 물론 절대로 먹어서는 안 되며, 그가 죽는 한이 있더라도 먹을 일은 없겠지만 그의 육체는 미친 듯이 그것을 요구하고 있으니 미칠 지경이었다.

'끔찍스러운 일이군.'

그러나 사실 그것은 물이 위에서 아래로 흘러내리듯 자연스러운 일이었다. 마왕으로 태어난 운명의 힘은 그를 섬뜩한 포식 욕구에 사로잡히게 만들었다. 그러한 욕구를 제어하는 것은 마치 폭포를 거슬러 올라가는 것처럼 힘든 일.

그래도 해야 한다.

육체의 본능에 사로잡히지 않기 위해서는 이성을 차갑게 유지해야 하리라. 그것은 의식적으로 노력해야 하는 일이고, 그러한 노력을 멈추는 순간 그의 의지는 마왕의 육체에 지배당하고 말 것이다.

정말이지 가혹한 운명이 아닐 수 없다. 수명이 얼마나 되는지 알 수 없는 장구한 마왕으로서의 삶을 이렇게 살아야 한다면 얼마나 고통스러울 것인가?

그러나 지금 이 순간, 샤크는 그것이 꼭 나쁜 것만은 아님을 깨달았다. 육체의 본능과 맞서면서 이성을 유지하려는 노력의 강도가 심하면 심할수록 무극지기의 흡수가 빨라지고 있었기 때문이다.

'만상무극지체가 이 상황을 위기로 느끼는 건가?'

틀림없었다. 도처에 먹잇감들이 널려 있어서인지 갑자기 용암처럼 끓어오르는 포식의 욕구를 절제하는 일은 가히 사투(死鬪)에 가까울 정도였다. 그러다 보니 샤크의 무극지기는 흡사 그가 강한 상대와 전투를 벌일 때 못지않게 급증하고 있었다.

특히 조금 전 비니안으로부터 느낀 포식 욕구를 참아 냈을 때의 무극지기 흡수량은 실로 강렬했다.

그 이유는 무엇일까?

어째서 다른 인간들보다 비니안에게 유독 강한 포식 욕구를 느낀 것인지 의문이긴 했다. 물론 그 이유를 짐작하는 건 어렵지 않았다. 그러고 보니 롤란드의 여동생인 여마법사 에마에게도 그 못지않은 강렬한 식욕을 느꼈기 때문이다. 상대적으로 남자들보다 여자에게, 그것도 미인들에게 훨씬 강한 식욕이 느껴진다는 건……

'그러니까 예쁜 여자들에게 더욱 식욕을 느낀다는 건

가?'

성적 욕구가 식욕으로 발현되고 있을 줄이야. 남성적 인격으로서의 자아와 마왕의 육체가 결합하여 아주 기괴한 욕구를 만들어 내고 말았다. 그러나 그 욕구는 결코 만만히 볼 것이 아니라 절제하는 데 있어 사력을 다해야 할 만큼 강력했다.

'괴롭긴 하지만 어찌 보면 잘됐군. 그렇지 않아도 마땅한 결투 상대가 없어 고심했는데 말이야.'

이렇게 된 이상 샤크는 보다 적극적으로 인간들 사이에서 지내보기로 했다. 기왕이면 아주 아름다운 여자들 사이에서.

위기를 기회로 만든다. 물론 강력한 절제력을 발휘해야 하리라. 마왕으로서의 본능과 싸워야 하니까.

그것은 어찌 보면 그 스스로에 대한 도전이었다. 그것도 아주 위험한 도전. 고통스럽겠지만 참아 내면 낼수록 그에게 엄청난 유익이 있을 것이다. 미증유의 무극지기를 얻을 수 있는 지름길이 바로 그것에 있으니.

"로드! 그럼 저는 또 협행을 하러 가겠습니다."

그때 라우벤이 샤크를 향해 조심스레 말했다. 잠시 사색에 잠겨 있던 샤크는 고개를 돌려 그를 쳐다봤다.

"이참에 리자드맨들을 모조리 소탕할 작정인가 보군."

"그렇습니다. 기왕 시작했으니 끝을 보는 게 좋지 않겠습니까? 리자드맨들로 인해 도탄에 빠진 먼터 왕국을 구해야지요."

라우벤은 짐짓 의기 가득한 눈빛을 번뜩이며 대답했다. 물론 그는 도탄에 빠진 먼터 왕국을 구하겠다는 생각보다는 모처럼 몸을 좀 풀어 보고 싶은 생각이 간절할 뿐이었다.

블러디 포레스트에 처박혀 있을 때는 그저 만사가 귀찮고 허무했는데, 막상 밖으로 나와 한바탕 휘젓고 나자 온몸이 더욱 근질근질했다. 그러다 보니 샤크의 눈치를 보며 이성에 있으니 자유롭게 대륙을 활보하고 싶은 마음도 없지 않아 있었다.

그러나 그는 그가 그렇게 하도록 샤크가 은근히 조장했음을 전혀 모르고 있었다. 부하나 하인들을 부려 먹는 데 있어 타의 추종을 불허하는 광협 백룡의 가공할 용병술, 아니 용하술(用下術)이 발휘되었음을 그가 어찌 짐작할 수 있으랴.

물론 샤크는 그런 내색을 전혀 하지 않고 담담히 고개를 끄덕였다.

"그거야 네가 결정할 일이다. 나는 나의 부하라 해서 내 옆에 꼭 잡아 둘 생각은 없으니까. 날 배신하지만 않는다면 네가 어디 가서 무슨 짓을 해도 상관하지 않겠다."

"하늘이 두 쪽 나도 제가 로드를 배신하는 일은 없을 것입니다!"

라우벤은 짐짓 더욱 충정 어린 눈빛을 보내며 외쳤다. 샤크는 흡족한 미소를 지었다. 물론 라우벤이 과장되게 충정 어린 표정을 짓는 것을 알고 있었지만 그래도 그의 진심이 그와 크게 다르지 않다는 것도 잘 알았다.

하긴, 그렇지 않았다면 라우벤이 어찌 마갑주의 유혹을 물리칠 수 있었겠는가. 솔직히 마갑주는 샤크로서도 탐이 날 만큼 쓸 만한 물건이었다.

특이한 건, 아까 마갑주에서 은연중에 마기가 느껴졌다는 것. 그것이 결코 우연일 리는 없으리라. 샤크는 조만간 마갑주의 비밀을 파헤쳐 볼 생각이었다.

"라우벤, 너는 마갑주가 탐이 나지 않았느냐?"

라우벤이 씩 웃으며 대답했다.

"솔직히 탐이 났습니다. 하지만 그렇다고 로드를 배신할 수는 없었지요. 또한 그것이 아닐지라도 한낱 물건 따위에게 충성을 바치지는 않았을 것입니다."

마갑주가 아무리 대단한 힘을 줄지라도 그래 봤자 물건에 불과할 뿐이다. 어찌 그따위 물건에게 절을 하고 충성을 맹세하겠는가?

샤크의 입가에도 미소가 맺혔다.

"좋아, 아주 바람직한 자세로군. 앞으로도 그 마음 변치 않기를 바란다."

"물론입니다, 로드."

"그럼 계속해서 몬스터들을 토벌하도록 해라."

"예! 이번에는 두 번 다시 리자드맨 놈들이 창궐하지 못하도록 제대로 손을 봐야겠습니다."

라우벤은 샤크를 향해 허리를 깊이 숙인 후 물러갔다. 그런 그를 롤란드가 다급히 따라가며 말했다.

"라우벤 님! 잠깐만요."

"무슨 일이냐?"

"라우벤 님이 리자드맨들을 토벌하는 것을 돕고 싶습니다. 현재 영지의 사정이 좋지 않아 많은 도움을 드릴 수는 없겠지만, 힘이 닿는 한 전력을 다해 지원하겠습니다."

라우벤은 고개를 끄덕였다.

"흠, 그러고 보니 병력과 물자를 좀 지원해 줄 수 있겠나? 혼자서 처리하려면 귀찮은 것들이 좀 많아서 말이야."

"현재 본 영지에서 최대로 지원해 드릴 수 있는 병력은 오백 정도입니다만."

롤란드가 흔쾌히 미소 지으며 말하자 라우벤은 인상을 찌푸렸다.

"오백이라? 그럴 필요 없다. 대충 다섯 명 정도면 충분해."

병력 지원을 요청해 놓고 고작 다섯 명이라니. 롤란드는 멍한 표정을 지었다.

"지금 다섯 명이라고 했습니까?"

"솜씨 좋은 요리사 하나와 힘 좋은 보병 둘, 그리고 눈치 빠른 레인저 둘 정도면 되겠군."

"고작 그들만으로 전력에 도움이 될지……."

"그냥 짐도 끌고, 말도 돌보고, 때 되면 요리도 해서 바칠 녀석들만 있으면 돼. 뼈 빠지게 리자드맨 놈들을 토벌하면서 쫄쫄 굶고 다닐 수는 없으니까."

어차피 전투는 라우벤 혼자 담당할 것이니 전투 병력은 필요 없었다. 요리사와 보병들은 식량 보급을 위해, 레인저들은 잔심부름을 시키기 위해 요청한 것이었다.

"그래도 다섯은 너무 적으니 오십 명 정도는……."

"쯧! 너무 숫자가 많으면 내가 챙기기 귀찮아질 뿐이야."

"그럼 스무 명 정도로 하죠. 던컨 경, 그대가 라우벤 님을 수행하며 필요한 것을 돕도록 하시오."

"예, 영주님."

기사 던컨이 그의 종자들과 요리사, 레인저, 보병들로 구성된 소규모 부대를 이끌고 라우벤을 수행하기로 했다. 물론 그들의 임무는 전투가 아닌 보급이었다. 던컨은 전마와 수레, 1천 골드의 군자금 등을 챙겨 라우벤을 따라나섰다.

그렇게 라우벤이 떠나자 롤란드는 고개를 돌려 힐끗 샤크를 쳐다봤다. 샤크는 성의 광장 한쪽에 놓인 벤치에 앉아 느긋한 표정으로 주변을 돌아보고 있었는데, 롤란드는 그의 정체가 궁금하지 않을 수 없었다.

'저자는 대체 누구일까?'

대체 누구이기에 먼터 왕국의 전설적 검사인 붉은 숲의 검사 라우벤이 그를 로드라 부르는 것일까? 그가 알기로 라우벤은 먼터 왕국의 국왕은 물론 헬레이스 제국의 황제 앞에서도 그처럼 공경 어린 태도를 보일 위인이 아니었다.

선친에게 듣기로, 라우벤은 고위 귀족들 앞에서도 거의 공대를 하지 않았다고 했다. 상대가 공작이라 할지라도 말이다. 심지어 그는 국왕조차 안중에 두지 않았다. 국왕이 공작 작위를 수여한다는데도 코웃음 치며 거절했을 정도였다. 그로 인해 수많은 귀족들이 그를 못마땅히 여긴 것은 어찌 보면 당연한 일인지도 모른다.

그러나 그는 10여 년 전 리자드맨들의 위협으로부터 먼터 왕국을 구한 영웅이었다. 그렇기에 국왕은 그의 방자한 태도를 문제 삼지 않았다. 다른 귀족들도 마찬가지. 솔직히 문제 삼고 싶어도 그를 건드리는 건 미친 짓이었다.

물론 그런 미친 짓을 한 귀족들이 있긴 했다. 헬레이스 대륙의 어쌔신 조직을 끌어들여 그를 제거하려 했던 일부 귀족들 말이다. 결국 그들은 그 당시 라우벤에게 처절한 대가를 받아야 했다.

어쨌든 그런 이유로 롤란드는 자신이 비록 백작이지만 라우벤이 자신에게 반말을 하는 것에 대해 신경 쓰지 않았다. 선친은 물론이요, 그보다 상위 귀족들도 당했던 일이니 그로서는 당연하게 받아들였다.

솔직히 라우벤 앞에 서면 두려움에 가슴이 쪼그라들어 제대로 서 있기도 힘들 정도였다. 사실상 먼터 왕국뿐 아니라 클라우드 대륙의 최강자가 바로 그였으니까.

그런데 그런 그가 지극히 공경하는 대상이 세상에 존재할 줄이야. 롤란드는 샤크를 어찌 대해야 할지 몰라 전전긍긍하지 않을 수 없었다.

그것은 다른 이들도 마찬가지였다. 롤란드와 그의 여동생 에마, 그리고 기사들도 안절부절못한 채 서로 눈치만 봤다. 그들의 시선은 자연스레 비니안에게 향했다.

"비니안, 저자는 대체 누구야?"

에마가 비니안의 귀에 대고 나직이 속삭이듯 물었다. 그러자 비니안도 에마의 귀에 속삭이며 대답했다.

"이름은 샤크. 우리 아빠보다 강해. 성질이 무척 더러우니 가급적 그의 비위를 건드리지 않는 게 좋아. 말보다 주먹이 앞서는 무식한 사람이거든."

"정말이야?"

"응."

말보다 주먹이 앞서는 무식한 사람으로 전설의 검사인 라우벤보다 강한 자라니, 에마의 두 눈이 휘둥그레지며 커졌다.

"설마 그렇게나 강하려고?"

"그렇다니까. 아무튼 가급적 상종하지 않는 게 편할 거야. 잘못 걸리면 맞아 죽을 수도 있어. 말 그대로 마왕이 따로 없다고."

"뭐? 마왕?"

"그렇게 성질이 더럽다는 뜻이야. 설마 진짜 마왕이 저러고 있을 리는 없잖아."

"하긴. 그럼 이제 어쩌지? 딱 보니 저자는 이 성에 눌러앉아 있을 기세인데."

"그래도 어쩔 수 없어. 혹시나 싫은 기색이라도 보여 그의 비위를 상하게 했다간 난리가 벌어질걸. 차라리 그의 근처로는 가지 않는 게 좋을 거야."

"그래, 오빠에게도 조심하라고 말해야겠어."

"조심해. 저 미친 마왕에게 걸리면 약도 없어."

비니안과 에마가 불안한 표정으로 속삭이고 있을 때였다. 샤크가 돌연 고개를 슥 돌려 그녀들을 노려봤다. 마치 그녀들이 무슨 말을 속삭이고 있는지 다 듣고 있었다는 듯 그의 표정엔 못마땅한 기색이 역력했다.

흠칫.

비니안과 에마는 깜짝 놀라 그의 시선을 피했다.

샤크는 잠시 그녀들을 노려보다 시선을 돌렸다. 물론 그는 그녀들이 자신을 두고 귓속말을 한 것을 잘 알고 있었다. 그녀들이 아무리 작게 말한다 해도 샤크의 청각은 그녀들의 미세한 숨소리조차 들을 수 있었으니까.

따라서 마왕이 어쩌고, 성질이 더럽고 무식하다느니 하는 소리를 그가 듣지 못했을 리 없었다. 하지만 그 스스로 생각해 봐도 크게 틀린 말은 아닌지라 그저 쓴웃음만 나올 뿐, 별달리 화가 난다거나 하는 건 없었다.

그보다 오히려 비니안과 에마를 쳐다보면 강렬한 포식 욕구가 솟아오르는 것이 문제였다. 그래서 시선을 돌린 것이었다.

스윽.

그러나 잠시 시간이 지난 후에 그는 또다시 시선을 돌려 비니안 등을 쳐다봤다. 그러다 금방 또 시선을 거두는 것을 반복했다.

'후후, 괴롭긴 하지만 이렇게 하니 역시 무극지기 흡수량이 빨라지는군.'

무극지기의 흡수량이 대폭 늘어나자 샤크는 흡족하기 이를 데 없었다. 세상에 이런 좋은 방법이 있을 줄이야. 진작 이런 방법이 있는 줄 알았다면 좋았을 텐데 말이다.

스윽!

어쨌든 이제라도 늦지 않았다. 샤크는 지속적으로 비니안과 에마를 노려봤다가 시선을 거두는 행동을 반복했다.

그런 그의 행동에 비니안과 에마는 혼이 나갈 지경이었다. 그녀들은 샤크가 자신들이 귓속말을 한 것에 심히 화가 나서 계속 노려본다고 생각해 섣불리 움직이지도 못하고 사색이 되고 말았다.

"큰일이야! 저자가 크게 분노한 게 분명해."

"그럼 우리 이제 어떻게 되는 거야?"

"아마 매를 맞을지도."

"뭐? 아무리 그래도 설마 우리를 때리려고?"

"저자는 여자라고 봐주지 않아."

비니안은 샤크가 나뭇가지 막대기로 자신을 때려죽이려 했다는 사실을 에마에게 말했다. 그러자 에마의 안색이 더욱 창백해졌고, 눈가에는 눈물이 그렁그렁 맺혔다.

'쯧.'

그런 그녀들의 표정을 본 샤크는 혀를 차고 일어섰다. 지금처럼 계속 쳐다봤다가는 그녀들이 졸도하는 모습을 볼 것 같아서였다.

'오늘은 이쯤 하는 게 좋겠군.'

그가 일어서자 그때까지 눈치를 보고 있던 롤란드가 다가와 조심스레 말했다.

"저어……"

"뭔가?"

샤크가 힐끗 노려보자 롤란드는 흠칫 놀라 한 걸음 뒤로 물러서며 덜덜 떨었다. 샤크의 눈빛이 매우 싸늘했기 때문이다.

"아, 아무것도 아닙니다."

"내게 뭔가 용무가 있어서 온 것 아니었나?"

"그렇습니다만……"

"그럼 말해 봐. 용무가 뭔가?"

"그, 그게……"

롤란드는 말이 잘 나오지 않아 더듬거렸다. 그 모습에 샤크는 인상을 찌푸렸다.

"한심하군. 그래도 한 지역의 수장이라는 자가 그리 소심해서야. 그래서 어떻게 백성들을 다스리겠나?"

"죄송합니다."

"죄송하다? 뭐가?"

"그, 그게……."

롤란드는 샤크의 기세에 눌려 주눅이 들어 버렸다. 그는 샤크의 말대로 소심하고 대범하지 못한 구석이 있었다.

"두려워 떨지 말고 말해 봐라. 뭐가 죄송하다는 건가?"

"그러니까 조금 전 제 동생 에마와 비니안이 당신께 뭔가 큰 무례를 저질렀던 것 같아서 말입니다. 철이 없는 아이들이니 그녀들의 무례를 용서해 주십시오. 제가 대신 사과드리겠습니다."

"흠."

샤크는 씩 웃으며 고개를 끄덕였다. 솔직히 별달리 사과받을 일은 아니었지만 받아들이기로 했다. 그렇지 않으면 롤란드의 두 눈에서 금세라도 눈물이 뚝뚝 흘러내릴 것 같았기 때문이다.

"뭐, 별일도 아녀었는데 사과까지 하다니. 어쨌든 그 사과는 받아들이도록 하지."

"아……!"

롤란드는 일순 멍한 표정을 지었다. 그는 샤크가 이토록 쉽게 사과를 받아들일 것이라고는 생각지 못했다. 특히나 미소까지 지으며 별것 아니라는 식으로 말하자 울컥 눈물까지 나왔다.

"정말 감사합니다. 당신은 매우 좋은 분이었군요."

샤크는 롤란드가 감동한 표정으로 눈물을 글썽이며 대답하자 어이가 없었다.

'사내자식이 이렇게 순하고 나약해서야. 이래 가지고 앞으로 어떻게 영주 노릇을 하겠다는 건지. 이 녀석을 그냥 콱!'

전생의 그였다면 절대 그냥 지나치지 않았을 것이다. 수단과 방법을 가리지 않고 굴리고 굴려서 강인한 성격으로 변모시켰을 것이다. 그 또한 협의라 생각하기에 말이다.

그러나 만사가 허무해 웬만하면 남의 일에 간섭하고 싶지 않아 하는 지금으로서는 굳이 신경 쓸 이유가 없었다. 하지만 그럼에도 왠지 속이 근질근질거렸다.

'온실의 화초 같은 녀석 같으니. 이런 한심한 놈이 영주이니 밑의 사람들이 얼마나 고생을 하겠는가?'

샤크가 못마땅한 표정으로 노려보자 움찔 놀라 두 눈을 내리깐 롤란드는 샤크의 눈치를 보며 말했다.

"참, 저는 이곳의 영주인 오마다 백작입니다. 혹시라도 뭔가 필요한 것이 있으시면 말씀하십시오. 저의 힘이 닿는 대로 지원하겠습니다."

"뭐든 말인가?"

샤크의 두 눈이 돌연 번쩍였다. 롤란드는 뭔가 불안한 기운이 엄습해 오는 것을 느끼며 몸을 떨었다. 그에 샤크가 인상을 구겼다.

"왜 대답을 하지 않지? 분명 뭐든 말해도 좋다고 하지 않았나?"

"그, 그렇습니다."

"좋아, 그러면 그 호의를 받아들이도록 하지. 그렇지 않아도 내가 여행을 하려던 참이라 길 안내가 필요했단 말이야."

뭔가 엄청난 부탁을 할 것이란 생각에 잔뜩 긴장했던 롤란드는 길 안내라는 말에 안도의 한숨을 내쉬며 대답했다. 그 정도야 들어주기 어려운 부탁이 아니었기 때문이다.

"그럼 지리에 밝은 자를 수행원으로 붙여 드리겠습니다."

"아니, 난 다른 사람은 필요 없어. 오마다 백작! 그대가 해줬으면 좋겠군."

"예엣? 그건……."

뜻밖의 요청에 롤란드는 당황한 기색이었다. 그의 기사들은 물론이고 에마와 비니안도 깜짝 놀랐다. 뒤쪽에 서 있던 기사 찰스가 비분강개한 표정으로 걸어왔다.

'당신이 누군지는 모르지만 영주님께 너무 무례하다고 생각지 않으시오?'

라고 그는 외칠 작정이었다. 그 역시 샤크의 기세에 눌려 두렵긴 마찬가지였지만 명색이 기사로서 주군이 모욕당하는 것을 두고 볼 수만은 없었던 것이다.

그러나 찰스의 말은 이내 쏙 들어가고 말았다. 롤란드가 머뭇거리는 순간 샤크의 표정이 섬뜩하도록 차가워지더니 어디선가 우레가 터지는 듯한 굉음이 들려왔기 때문이다.

콰앙!

대체 무엇을 어떻게 한 것인지 모른다. 그는 그저 가볍게 손을 휘저었을 뿐인데, 멀리 성 밖에 있던 거대한 바위 하나가 박살이 나 가루로 변해 흩어져 버렸다. 그와 함께 그는 한기가 펄펄 날리는 음성으로 말했다.

"내가 잘못 들은 건가? 그대가 분명 뭐든 들어준다고 한 것 같은데 말이야."

"그게……."

"나는 세상에서 한 입으로 두말하는 놈을 가장 싫어한다. 정말로 그대가 나를 기만한 것이라면 이 성을 박살 내 버릴 것이다."

샤크는 당장이라도 성을 부숴 버릴 기세였다.

"제가 길 안내를 하겠습니다."

가슴이 철렁 내려앉은 롤란드는 황급히 대답했다. 까마득히 멀리 떨어져 있는 성 밖의 바위를 손 한 번 휘저어 박살 내버리는 능력에 대해선 지금껏 들어 본 적도 없었다.

비로소 그는 전설의 검사인 라우벤이 왜 샤크를 로드라 부르는지 이해가 되었다. 성이 부서지지 않으려면 그의 요청을 들어주는 수밖에.

"헤헷! 그렇지 않아도 저는 먼터 왕국의 지리를 잘 알고 있죠. 여행을 꽤 많이 다녀 봤거든요."

그제야 샤크가 미소 지었다.

"좋아, 시원시원해서 마음에 드는군. 그럼 잠시 후에 바로 떠날 테니 준비하도록. 참고로 난 귀찮은 건 딱 질색이야. 쓸데없이 수행원들을 늘리진 마라. 그대의 체면을 봐서 셋 정도만 허락하지."

"알겠습니다."

울상을 지으며 대답한 롤란드는 곧바로 자신과 함께 갈 수행원들을 선택하려 했다. 그러나 그때, 샤크가 불쑥 다시 말했다.

"그중 둘은 저 녀석들로 하겠다. 그러니 한 명만 골라 봐. 짐을 들어야 할 테니 힘 좀 쓰는 녀석이 좋겠군."

샤크가 가리킨 이들은 다름 아닌 비니안과 에마였다. 그녀들은 난데없이 자신들이 샤크의 여행길 안내 수행원으로 선택되자 펄쩍 뛰었다. 그러나 조금 전 샤크가 보여 준 무시무시한 능력을 목격했던 터라 차마 가지 않겠다는 말이

입에서 나오지 않았다.

"흑! 이를 어째?"

"우린 찍힌 거야. 그냥 죽었다 생각하는 게 좋을지도 몰라."

에마와 비니안은 절망 어린 표정으로 눈물만 훌쩍일 뿐이었다. 그런 그녀들을 본 롤란드는 순간 울컥 끓어오르는 감정을 억누르지 못했다.

'으음!'

동생도 동생이지만 그가 은근히 마음에 두고 있는 비니안이 슬퍼하는 모습을 보니 더욱 견디기 힘들었다. 그래서 그만 자신도 모르게 샤크를 향해 외쳤다.

"죄송하지만 그건 안 됩니다. 험한 여행길에 연약한 레이디들을 수행원으로 부려 먹는다는 건 결단코 있을 수 없는 일입니다."

그는 그렇게 말해 놓고 스스로도 놀랐다. 그뿐만 아니라 모두가 놀란 터였다. 에마와 비니안의 안색이 환해지더니 속으로 환호했다.

'역시 우리 오빠가 최고야.'

'롤란드 오빠, 멋져! 저런 면도 있었다니.'

그녀들의 표정이 감동으로 물드는 것을 본 롤란드는 왠지 어깨가 으쓱해졌다. 그러나 순간 샤크의 눈빛이 섬뜩하도록 차갑게 변하는 것을 보고는 가슴이 철렁 내려앉고 말았다.

Chapter 3

광전사의 불꽃

"지금 뭐라 했나?"

샤크의 음성은 싸늘했다. 그의 두 눈에서 섬뜩한 광망이 번뜩였다. 그의 눈빛과 마주한 순간 롤란드는 두려움에 머릿속이 텅 비는 것 같았다. 하지만 결코 물러날 수 없었다.

"으……."

"대답해 봐라. 방금 뭐라 했지?"

"레이디를 핍박하는 건 도리가 아니라 말했습니다."

"그래서 감히 나의 말을 거부하겠다는 건가?"

"예. 다른 건 몰라도 그것만은 안 됩니다."

"흠."

샤크의 두 눈이 커졌다. 그는 사실 롤란드의 지금과 같은 태도가 매우 마음에 들었다.

'아주 한심하기만 한 녀석은 아니었군.'

샤크가 볼 때 롤란드는 비교적 성정이 올바르고 착했다. 제대로 노력을 하면 제법 쓸 만한 무공을 가질 골격도 갖춘 터였다.

문제는 워낙 귀하게 자란 탓인지 소심하고 나약한 성격을 가지고 있다는 것. 이는 고생을 못 해 봐서였다. 물론 죽도록 얻어맞기도 하고 밑바닥에서 좀 구르다 보면 해결될 문제지만 영주인 그가 어디서 그런 고생을 해보겠는가.

그런데 방금 전 롤란드는 매우 의외의 태도를 보여 주었다. 특히 레이디를 보호하겠다는 용기는 높이 살 만했다.

그러나 그것만으로는 부족했다. 롤란드에게는 용기에 필적할 만한 패기가 없었다. 따라서 방금 전 그의 외침은 진정한 용기라기보다는 그저 객기에 불과할 뿐이었다. 샤크가 사납게 노려보자 금세 움츠러드는 모습이 그것을 증명했다. 어디 가서 이런 식의 객기를 부리다간 딱 맞아 죽기 십상이리라.

"잠깐만요! 당신을 따라가겠어요. 그럼 됐죠?"

"나도요. 그러니 롤란드 오빠를 괴롭히지 말아요."

그때 에마와 비니안이 다가오며 외쳤다. 그녀들은 롤란

드가 자신들을 보호하려다 샤크에게 죽을지도 모른다는 생각에 재빨리 나선 것이다.

"어쩔 수 없어, 비니안. 우리가 오빠를 보호해야 해."

"네 말이 맞아. 우리가 가지 않으면 저 사악한 작자가 롤란드 오빠를 죽이고 말걸."

이미 서로 귓속말을 나눈 에마와 비니안의 표정에는 비장함이 어려 있었다. 마치 자신들의 몸을 제물로 바쳐서라도 사악한 마왕의 손아귀로부터 롤란드를 구해 내겠다는 당찬 각오들이었다.

"좋다. 그럼 잠시 후에 떠날 수 있게 속히 준비하도록."

그 말과 함께 샤크는 속으로 흐뭇한 미소를 지었다. 에마와 비니안의 이글거리는 눈빛. 그러한 비장함의 용기를 그는 매우 좋아했다.

'흠, 저 녀석들도 제법 용기는 있군.'

사실 그가 비니안을 수행원으로 택한 것은 결코 괴롭히려는 목적이 아니라 라우벤이 없는 동안 그녀를 곁에 두고 보호하기 위함이었다. 그녀를 이대로 두고 가면 분명 천방지축으로 돌아다니다 어디선가 위험을 당할 수도 있으니 말이다.

'부하의 딸은 보호하는 게 당연하겠지.'

그리고 에마는 비니안의 친구라는 이유로 선택되었다.

또한 롤란드의 여동생이라는 이유도 한몫했다. 서로에게 큰 의지가 될 테니까.

그저 혹독하게 굴리기만 한다고 심성이 강해지는 것은 아니다. 가끔은 안정도 필요했다. 고생을 시킬 땐 시키더라도 적당히 풀어 줄 땐 풀어 줘야 하는 것이다. 그럴 때 가족이나 친구가 함께 있으면 정서적으로 안정될 것이 아니겠는가.

물론 샤크가 꼭 그런 이유에서만 그녀들을 택한 것은 아니었다. 현재 이곳 쉬드 성에서 가장 아름다운 미모를 지닌 그녀들을 여행 중 항상 지켜보며 무극지기의 수련에 활용하고자 하는 목적도 아주 없지는 않았다.

힐끗.

샤크는 그사이에도 에마와 비니안을 자연스레 쳐다보며 무극지기의 흡수량을 늘렸다. 그것이 꽤 고통스러운 일임에도 즐거운 건, 그로 인해 강해질 수 있기 때문이리라.

"준비를 마쳤습니다, 샤크 님."

"수행원을 모두 구했나?"

"그렇습니다."

롤란드가 선택한 한 명의 수행원은 기사 찰스였다. 롤란드가 선택했다기보다는 찰스가 자원했다. 영주가 고생길로 가는데 기사로서 좌시할 순 없다는 이유였다.

그러한 찰스의 태도 또한 샤크는 매우 마음에 들었다. 그는 유쾌한 표정으로 성문을 나섰고, 크라케와 롤란드 등이 그 뒤를 따랐다.

"그럼 영지를 부탁하겠소, 리튼 자작."

"예. 부디 조심히 다녀오십시오, 영주님."

영주인 롤란드가 없는 동안 그의 부하이자 행정관인 리튼 자작이 오마다 영지를 책임지도록 했다. 리자드맨들과의 전쟁으로 인해 폐허로 변한 곳이 많은 터라 그는 복구를 위해 심혈을 기울여야 할 것이다.

* * *

"이제 어느 쪽으로 가실 생각인지……."

쉬드 성을 나서자 롤란드는 샤크를 향해 조심스레 물었다. 아무런 목적지도 없이 무턱대고 여행을 다닐 수는 없는 일이었다.

"글쎄! 어디 추천하고 싶은 여행지가 있나?"

"번화한 도시를 원하신다면 왕국 북부로 가면 제법 있죠. 물론 먼터 왕국 남부에도 번화한 도시가 없지는 않지만 지금쯤 리자드맨들로 인해 대부분 폐허로 변했을 겁니다."

"흠."

샤크는 잠시 고민했다. 왕국의 번화한 도시를 둘러보는 것도 꽤 흥미로운 일일 것이다. 그러나 그보다 먼저 할 일이 하나 있었다.

"도시는 천천히 둘러보기로 하고, 일단 마갑주의 정체부터 밝혀내기로 하겠다. 그것에 대해 아는 대로 말해 봐라."

"마갑주라고요?"

롤란드의 두 눈이 커졌다. 에마와 비니안 등도 마찬가지였다.

"뭘 그리들 놀라는 거지? 내가 마갑주의 정체를 밝혀내지 못할 것 같은가?"

"그게 아니라 마갑주는 그저 전설로 알려진 것이다 보니 저도 아는 게 거의 없습니다."

롤란드가 머리를 긁적이며 말하자 샤크는 비니안 등을 쳐다봤다.

"너희들도 아는 게 없나?"

"전 처음 듣는 얘기예요."

비니안이 고개를 흔들며 대답했다.

이번엔 샤크의 시선이 에마에게 향하자 그녀는 침을 꿀꺽 삼키고는 대답했다.

"실은 예전에 '먼터 왕국의 전설과 신화'라는 책을 읽은 적 있어요. 먼터 왕국의 남부 숲을 따라 쭉 내려가다 보면 인간이 살기 힘든 무서운 험지가 나온다고 해요. 그곳엔 아주 사악한 드래곤이 하나 살고 있는데, 그가 마갑주를 만들었다고 했어요."

"사악한 드래곤?"

샤크의 두 눈이 빛났다. 에마는 고개를 끄덕였다.

"책의 내용에 의하면요. 대략 오백여 년 전엔 적지 않은 대륙의 모험가들이 그 비밀을 밝혀내려고 그곳을 찾았다고 했죠. 그러나 아무도 돌아오지 못했어요."

"그곳에 갔던 자들이 모두 죽은 건가?"

"아마도요. 비록 전설이긴 하지만 그곳에 가는 건 극히 위험한 일이에요. 그곳엔 드래곤뿐 아니라 온갖 몬스터들이 득실거리고 있다 했거든요. 리자드맨들은 그중 하나일 뿐이죠."

"그러니까 결론은, 위험하니 가지 말자 이거군."

"그래요."

에마는 정색을 하고 고개를 끄덕였다. 샤크가 아무리 강한 능력을 지녔다 해도 흉악한 몬스터들이 득실거리는, 무엇보다 사악한 드래곤이 있을지도 모르는 그 험지로 간다는 것은 미친 짓이란 생각 때문이었다.

'말려야 돼! 결혼도 못 해 보고 죽을 순 없잖아.'

어려서부터 간직해 온 그녀의 장밋빛 꿈! 그것은 멋진 남자를 만나 행복한 결혼 생활을 즐기는 것이 아니었던가? 그 남자는 그 어떤 상황에도 자신을 지켜 줄 수 있을 만큼 강한 실력에 외모도 출중해야 했다. 물론 당연히 귀족이어야 하고 말이다.

그러고 보니 어찌 보면 샤크가 딱 그 이상형에 걸맞은 남자이긴 했다. 아직 그가 귀족인지는 알 수 없지만 상상을 초월한 능력에 가히 환상과 같은 외모를 지니고 있는 건 분명하니까.

그러나 그는 성질이 매우 더럽다는 게 문제였다. 그녀가 원하는 남자는 다른 곳에서는 거칠어도 그녀에게만은 부드러워야 하는데, 딱 봐도 샤크는 그럴 만한 위인이 아니었다.

'미치겠네. 내 신세가 어쩌다 이렇게 된 거야?'

에마는 한숨을 내쉬었다. 어쩌다 오빠 롤란드를 보호하기 위해 샤크의 여행 수행원이라는 이상한 신세가 되고 말았지만, 그녀로서는 가능한 빨리 지금 상황에서 벗어나고 싶었다.

본래라면 적당히 번화한 도시들을 돌며 여행을 하다 쉬드 성으로 돌아가는 것이 그녀의 계획이었다. 그런데 난데없이 마갑주의 정체를 밝히겠다니, 이게 웬 말인가?

그녀가 생각할 때 그것은 불가능한 일이었다. 그 살벌한 험지로 갔다간 결혼도 해보지 못하고 허망하게 죽게 될 것이 분명했다.

그러한 생각은 롤란드와 찰스도 마찬가지였다. 그들 역시 결코 젊은 나이에 죽고 싶진 않았다. 무엇보다 결혼도 해야 한다. 그러고 보니 이들의 공통점이 있다면 모두 미혼이라는 것.

'으음! 영주가 된 지 이제 삼 년. 이대로 몬스터들의 먹잇감이 되어 생을 마감하는 건 억울한 일이다.'

'크으! 제길! 이대로 죽을 순 없어. 특히 아름다운 레이디와 결혼도 못 해 보고 죽는다는 건 말도 안 되는 일이지. 아암!'

곧바로 롤란드와 찰스도 마갑주의 전설은 허망한 것이며, 특히 그것이 있다 알려진 장소는 매우 위험한 곳이라고 샤크를 설득하기 시작했다. 그러나 샤크는 시큰둥한 표정을 지으며 힐끗 비니안을 쳐다봤다.

"비니안! 너는 어떻게 생각하느냐?"

비니안은 에마 등과 달리 의외로 흥미롭다는 표정을 짓고 있었다. 애초부터 겁을 모르고 자란 그녀에게 세상에서 무서운 존재는 딱 둘뿐이었다. 아빠 라우벤과 샤크. 물론 그중에서 샤크에 대한 두려움이 수만 배쯤 크겠지만.

그래서인지 그녀는 이내 빙그레 웃으며 말했다.

"전 그곳에 가보고 싶어요. 마갑주도 신기하지만 솔직히 드래곤이 실제로 어떻게 생겼는지 궁금하잖아요. 호호!"

"앗, 비니안! 너 무슨 말을?"

에마가 펄쩍 뛰었다. 롤란드와 찰스도 기겁하는 표정을 지었다. 그때 샤크가 짐짓 인상을 살벌하게 굳히며 말했다.

"뭔가 착각들을 하고 있군. 비니안이 무슨 말을 했든 나는 내가 가고 싶은 데로 갈 것이다. 너희들은 나의 수행원일 뿐이다. 내게 의견을 제시할 수는 있어도, 내가 그것을 따를 이유는 없다는 뜻이지."

샤크의 살벌한 눈초리를 받자 롤란드 등은 이내 얼어붙었다. 샤크의 말이 이어졌다.

"경고하겠다. 쓸데없이 잔머리 굴리지 마라. 특히 롤란드! 에마! 찰스! 너희들은 내게 한 번씩 찍혔음을 기억해라."

"찌, 찍히다니요?"

"난 한 번은 말로 하지만 두 번째는 말로 하지 않는다. 과연 그때 어떤 일이 벌어질지 궁금하다면 다시 한 번 잔머리를 굴려 보면 될 것이다. 알았나?"

샤크의 눈빛은 섬뜩하기 이를 데 없었다.

"왜 대답들이 없나?"

롤란드 등은 바싹 긴장한 채 즉시 고개를 끄덕였다.

"알았습니다."

"조심하겠어요."

"두 번 다시 잔머리를 굴리지 않겠습니다."

그때부터 롤란드 등은 입을 닫았다. 공연히 쓸데없는 말을 했다가 샤크에게 또다시 찍히게 되면 어떤 봉변을 당하게 될지 두려워서였다.

'그냥 조용히 있자. 말을 안 하는 게 최고야.'

시키는 대로만 하면 찍힐 일은 없으리란 생각에 롤란드 등은 수행원으로서의 역할에만 충실하기로 했다. 반면에 그들과 달리 비니안은 왠지 신이 난 표정이었다.

그가 말한 두 번째로 찍힌다는 것! 그로 인해 어떤 사태가 벌어질지는 너무 뻔했다. 그는 말보다 주먹이 앞서는 인간이니까. 한 번이라도 봐준 게 신기할 정도였다.

'훗, 나만 안 찍혔네.'

이런 게 왜 기분이 좋은 걸까? 세상에 기분 좋을 일은 수도 없이 많겠지만 이런 식으로 기분 좋기란 쉽지 않을 것이다. 그래도 저 무식한 작자인 샤크에게 아직 한 번도 찍히지 않았다는 사실이 그렇게 안도되고 기분이 좋을 수 없었다.

그런 비니안의 귓전으로 샤크의 차가운 음성이 날아들었다.

"비니안! 넌 이미 예전에 내게 한 번 찍혔음을 잊지 마라."

"네? 제가 언제요?"

이미 한 번 찍혔다는 말에 비니안은 가슴이 철렁 내려앉는 듯했다. 그러자 샤크가 삭막한 미소를 띠며 말했다.

"아무래도 기억이 안 나나 보군."

"물론……."

비니안은 억울하다는 표정으로 그렇다고 말하려다 문득 입을 닫았다. 생각해 보니 그녀가 샤크에게 찍힐 만한 짓을 어디 한두 번 했던가? 딸바보 아빠인 라우벤이 그때마다 그녀를 지켜 주지 않았다면 이미 샤크에게 몇 번이고 맞아 죽었을지도 모른다.

그때 샤크가 물었다.

"물론……? 그다음 말은 뭐냐?"

"물론 기억이 난다고요."

샤크가 싸늘히 웃었다.

"기억이 나지 않는다는 건 전혀 뉘우치지 않고 있다는 것을 의미하지. 그나마 기억이 난다니 다행이군."

"물론이에요."

눈치 빠른 비니안은 속으로 가슴을 쓸었다. 자신은 안 찍혔다고 마음 놓고 있었는데 그로 인해 하마터면 봉변을 당할 뻔했던 것이다.

'조심해야겠어. 이제 찍히면 정말로 맞아 죽을지도 몰라.'

샤크의 무지막지한 성격을 너무도 잘 아는 비니안이었다. 아빠 라우벤이라도 옆에 있다면 미친 척하고 한 번쯤 항의해 볼 수 있겠지만, 지금 그런 짓을 했다간 그대로 지옥행이리라.

그때 옆에서 묵묵히 서 있던 크라케가 샤크에게 다가와 조심스레 말했다.

"저 로드, 제가 볼 때 그 마갑주의 전설은 아무래도 일루전 트레저와 관련이 있는 듯합니다."

샤크의 두 눈이 커졌다. 환야에 존재하는 기이한 보물인 일루전 트레저. 그것과 마갑주가 관련이 있다?

"그게 정말이냐?"

"일루전 트레저 중에 본신의 능력을 몇 배로 증폭시킬 수 있는 능력을 발하는 '광전사의 불꽃'이라는 것이 존재한다고 알고 있습니다."

"광전사의 불꽃?"

"그것은 환야에 존재하는 일루전 트레저 중에서 가장 강력한 것 중 하나입니다. 설마 그 희귀하기 이를 데 없는 광전사의 불꽃이 이곳 세계에 있을 줄은 상상도 못했습니다."

 샤크의 두 눈이 담담히 빛났다.

 "글쎄! 리자드맨의 마갑주에 그와 같은 능력이 있다고 그것이 꼭 일루전 트레저란 보장은 없지 않느냐?"

 "물론 그렇습니다만, 리자드맨의 마갑주는 부서지지 않고 그 즉시 복원되었습니다. 그런 신비한 능력은 일루전 트레저가 주는 것이 아니라면 실현되기 쉽지 않습니다."

 "흠, 듣고 보니 그럴 수도 있겠군."

 샤크의 입가에 미소가 맺히자 크라케는 상기된 표정으로 말을 이었다.

 "만일 로드께서 광전사의 불꽃을 얻으시면 마갑주를 제조할 수 있는 것은 물론이며, 몽환의 우물이 있는 마물 숲과 언제든 자유롭게 왕복이 가능하게 될 것입니다."

 "그런데 이미 그걸 누군가 차지하고 있는 것 같던데?"

 "그렇습니다. 제 생각엔 아마 로드와 같은 마족일 것입니다."

 크라케는 여전히 샤크가 마족이라 생각하고 있나 보다. 하긴, 스스로 정체를 드러낸 적이 없으니 그가 소마왕이란 걸 어찌 알겠는가.

 물론 샤크는 날개의 봉인을 해제할 때까지 그 누구에게도 정체를 드러낼 생각이 없었다. 그것은 부하라 해도 마찬가지였다. 당분간 지금처럼 그냥 마족 정도로 알게 하는 것도 나쁘지 않을 듯했다.

"마족이라 했느냐?"

"평범한 인간이나 몬스터들이 일루전 트레저를 통제하기란 불가능한 일입니다. 특히 광전사의 불꽃처럼 강력한 일루전 트레저는 저도 통제가 불가능합니다. 그것을 차지하려면 적어도 드래곤이나 상급 마족 정도는 되어야 합니다."

"그렇다면 드래곤일 수도 있겠군."

크라케가 씩 웃으며 고개를 저었다.

"결코 드래곤은 아닙니다."

"그걸 어떻게 아는 것이냐?"

"로드! 모든 마물들은 각자 특별한 능력을 타고납니다. 제게는 선천적으로 드래곤의 존재를 감지할 수 있는 능력이 있지요. 만일 이곳 세계에 드래곤이 있다면 제가 이미 알았을 것입니다."

"흐음."

드래곤의 존재를 감지할 수 있는 능력이라. 그것참 별 능력이 다 있었다. 어쨌든 그렇다면 광전사의 불꽃을 지배하는 자는 드래곤이 아닌 것이 분명했다. 에마가 읽었다는 '먼터 왕국의 전설과 신화'라는 책에서 사람들이 사악한 드래곤이라 알고 있던 존재는 이미 죽었든지, 아니면 본래부터 드래곤이 아니었다는 말이다.

"그런데 드래곤이 아니라 해서 꼭 마족이란 법은 없지 않느냐? 이를테면 최상급 정령이나 로아탄 같은 존재도 있는데 말이야."

크라케가 입가를 히죽거리며 대답했다.

"크흐흐흐! 로드께서도 이미 짐작하고 계시지 않습니까? 마갑주에서 미세하게나마 마기가 풍겨 나오고 있었음을 말입니다. 광전사의 불꽃은 어떤 식으로든 그것을 지배하는 자가 가진 힘의 영향을 받습니다. 마족이 아니라면 마갑주에서 그와 같은 마기가 풍겨 나올 수는 없지요."

"틀린 말은 아니다. 그래서 나 역시 마족이나 혹은 마왕과 관련되었다 짐작했지."

마왕이라는 말에 크라케는 몸을 떨었다.

"절대로 마왕은 아닐 것입니다. 만일 마왕이었다면 이미 이곳 클라우드 대륙은 마계로 변해 버렸을 테지요. 아마도 소심한 마족 하나가 우연히 광전사의 불꽃을 발견한 후 조용히 웅크리고 있는 게 분명합니다."

하긴, 마왕이 그토록 강력한 보물을 발견했다면 쥐 죽은 듯 웅크리고 있을 리 없었다. 그 힘을 이용해 이곳 세계뿐 아니라 또 다른 수많은 세계들을 접수하며 환야의 세계에서 악명을 떨치고 있지 않겠는가.

'광전사의 불꽃이라. 이거 뜻밖의 행운인지도 모르겠군.'

샤크의 입가에 씩 미소가 맺혔다. 다른 놈이 아닌 마족이 가진 것이라면 얼마든지 빼앗을 수 있다. 아니, 무조건 빼앗아야 한다. 그것이 바로 협행이리라. 그토록 강력한 힘을 가진 보물을 사악한 마족이 지배하게 둔다면 장차 큰 재앙을 초래할 수도 있을 테니까.

한편, 샤크와 크라케가 나누는 대화의 내용을 롤란드 등은 멀뚱히 쳐다보며 듣고만 있을 뿐 그것이 무슨 말인지 전혀 알지 못했다. 그 이유는 그들이 이곳 클라우드 대륙의 언어가 아닌 마물들의 언어를 통해 대화를 나누었기 때문이다.

크라케가 마물이라는 것과 샤크가 그 이상의 존재라는 것을 롤란드 등이 굳이 알게 할 필요는 없었다. 만일 그 사실을 알게 되면 롤란드 등은 졸도해 쓰러지고 말 테니까.

샤크는 롤란드를 향해 말했다.

"이제 남쪽으로 간다. 목적지는 마갑주를 만든 드래곤이 있을 만한 장소이니 알아서 길 안내를 하도록 해라."

순간 롤란드는 심장이 철렁 내려앉는 기분이었다. 샤크와 크라케가 한동안 알아들을 수 없는 말을 하는 것을 보고 가슴을 졸이고 있었는데, 역시나 예상대로였다.

'크윽! 이제 죽었구나.'

비록 전설이라지만 사악한 드래곤이 웅크리고 있다는 험지로 간다는 것은 두렵기 짝이 없는 일이었다. 설령 드래곤이 없다 해도 그곳이 위험한 것은 마찬가지. 온갖 몬스터들이 득실거리고 있다 했으니까.

그는 그런 살벌한 곳에 결코 가고 싶지 않았다. 그러나 여기서 샤크의 지시에 불복했다간 두 번째로 찍히게 될 것이다. 그때 어떤 불상사가 벌어질지 모르는 일이라 롤란드는 그 즉시 고개를 끄덕였다.

"그럼 안내하겠습니다."

"그곳까지의 길은 알고 있나?"

"모르지만 최대한 찾아보겠습니다."

그 순간 샤크의 입가에 슬쩍 미소가 맺혔다.

"좋군. 앞으로도 계속 그런 자세를 유지해라. 나는 그냥 모른다고 넋 놓고 있는 놈들을 가장 싫어하지. 당장은 몰라도 어떻게든 찾아보려고 노력하면 길이 보일 것이다."

"예, 알겠습니다."

롤란드는 씩씩하게 대답했다. 소심하고 겁이 많긴 했지만 그래도 눈치가 빠른 편이라 샤크가 좋아하는 태도를 보이려 최대한 노력 중이었다.

그러나 그가 어찌 알겠는가? 그것이 그 스스로가 아닌 샤크가 의도한 바라는 것을 말이다.

 부하들이 알아서 그의 방식대로 움직이게 만드는 가공할 능력. 속된 말로 알아서 기도록 만드는 그 신비한 능력이 바로 광협 백룡의 용하술이었다.

Chapter 4

수행원의 의무

"끄긱! 멈춰라!"

"끄기긱! 인간 놈들! 꼼짝 마라."

샤크 일행이 쉬드 성을 나와 여행을 시작한 지 며칠이 지났을 때였다. 갑자기 10여 마리의 리자드맨들이 그들 앞을 가로막았다. 상체와 하체를 철갑으로 두르고 단창이나 손도끼로 무장한 그것들의 기세는 험악하기 그지없었다. 롤란드는 깜짝 놀랐다.

'저놈들이 어디서 나타난 거지?'

아무래도 라우벤에게 패해 흩어진 패잔병 중 일부인 듯했다. 곧바로 롤란드는 고개를 돌려 샤크를 쳐다봤다. 그는 샤크가 당연히 리자드맨들을 물리쳐 줄 것이라 기대했다. 쉬드 성에서 보여 준 샤크의 능력이라면 그저 손짓 한 번만으로도 리자드맨 10여 마리쯤은 가볍게 해치울 수 있을 테니 말이다.

"샤크 님! 리자드맨들이 나타났습니다만."

기대와 달리 샤크는 시큰둥한 표정으로 대꾸했다.

"알아서 장애물을 치워라. 그것이 수행원의 의무다."

장애물을 치우라고? 그 말은 곧 리자드맨들을 해치우라는 뜻이었다. 샤크는 손 하나 까딱할 기세가 아니었다. 그의 지시가 없는 한 크라케 역시 나서지 않을 것이었다.

그때 비니안이 스태프를 앞으로 겨누며 외쳤다.

"롤란드 오빠! 우리끼리 해치워요. 저놈들쯤은 충분히 이길 수 있어요."

그녀는 샤크의 성격을 잘 알고 있었다. 그가 나서지 않겠다고 한 이상, 무슨 일이 벌어져도 그것을 지킬 것이다. 설령 롤란드 등이 모두 죽임을 당한다 해도 말이다. 롤란드도 대충 그러한 사실을 짐작한 터였다.

"찰스 경, 내가 놈들과 싸울 동안 비니안과 에마를 지켜 주시오. 비니안, 에마! 너희들은 마법으로 지원 부탁한다."

"예, 영주님."

"알았어요, 롤란드 오빠."

"잠시만 버텨 줘, 오빠."

그들은 긴장한 기색으로 고개를 끄덕였다. 곧바로 롤란드가 롱 소드를 빼들자 선봉에 있던 리자드맨 다섯 마리가 움찔하더니 일제히 단창을 집어 던졌다.

슉! 슈슉-!

다섯 개의 단창이 파공음을 내며 날아들었다. 그중 두 개는 롤란드를 향해, 나머지 셋은 비니안과 에마를 향해 쇄도했다. 롤란드는 롱 소드를 휘둘러 단창들을 쳐냈다.

"모두 조심해!"

"여긴 염려 마십시오, 영주님."

그사이 비니안 등을 향해 날아든 단창은 찰스가 모조리 쳐내 버렸다. 그에 안심한 롤란드는 리자드맨들을 향해 돌진했다.

파앗!

"꾸어억!"

롤란드의 검이 번쩍이는 순간, 리자드맨 하나의 목이 날아갔다. 동료가 죽자 광분한 리자드맨들은 이내 손도끼를 꺼내 들고 휘두르기 시작했다.

"끄긱! 하찮은 인간 놈들!"

"끄기긱! 너희들의 고기로 오늘 밤 만찬을 즐기리라."

"흥! 뭐라고 지껄이는 거냐?"

롤란드는 리자드맨들이 뭐라 말하는지 알아들을 수 없었다. 물론 알아듣고 싶은 생각 따위도 없었다. 놈들을 죽이지 않으면 자신들이 죽는다는 것을 알기에 필사적으로 싸울 뿐.

스컥! 좌악!

"꾸어억!"

"키에에엑!"

리자드맨들은 결코 약하지 않았지만 롤란드 역시 어려서부터 꾸준히 검술을 연마해 온 검사였다. 찰스로 인해 비니안과 에마의 안전이 확보되자 그는 비교적 침착하게 리자드맨들과 맞서 싸웠고, 순식간에 세 마리의 리자드맨들을 쓰러뜨리는 데 성공했다.

"롤란드 오빠! 어서 뒤로 빠져요! 다크 윈드 애로우!"

"호호호! 모조리 죽엇! 라이트닝 볼트!"

그사이 캐스팅을 마친 비니안과 에마가 각각 공격 마법을 펼쳤다.

쉬쉬쉭-

파지지직!

곧바로 화살 형상의 흑색 바람이 날아가 리자드맨들의 목을 꿰뚫었다. 동시에 시퍼런 뇌전이 떨어져 내리며 리자드맨들의 몸을 태워 버렸다.

"꾸어어악!"

"끄어억!"

리자드맨들이 무더기로 쓰러졌다. 롤란드는 그녀들이 마법을 펼치기 전 잽싸게 옆으로 몸을 날렸기에 봉변을 면할 수 있었다. 비니안과 에마가 환호했다.

"우리가 이겼어."

"호호! 최고야."

그녀들은 자신들의 마법으로 승리를 거두게 되자 신이 나 있었다. 롤란드는 씩씩하게 웃었다.

"모두 잘해 줬다. 특히 찰스 경, 그대가 두 레이디들을 잘 지켜 줘서 무사히 승리할 수 있었소."

"하핫, 별말씀을."

찰스는 머리를 긁적이며 웃었다. 그렇게 모두가 화기애애한 분위기로 승리를 자축하고 있을 때였다.

슉- 퍼억!

난데없이 날아온 화살이 롤란드의 가슴에 적중했다.

"우욱!"

롤란드는 신음을 흘리며 비틀거렸다. 다행히 플레이트 아머를 장착한 상태라 무사할 수 있었지만 연이어 날아드는 화살들의 공세에 안색이 굳어지고 말았다.

슈슉- 슉슉!

"모, 모두 조심해!"

대체 어디서 날아오는 화살들이란 말인가? 그러고 보니 근처에 리자드맨들의 잔당이 또 있었던 것이 분명했다. 그것을 경계하지 않고 일시간의 승리를 자축하다 습격을 당한 것이다.

"아악!"

"윽!"

그것은 큰 불행을 초래했다. 에마와 비니안이 각각 옆구리와 팔에 화살을 맞고 쓰러졌고, 찰스 역시 복부와 허벅지에 세 대의 화살을 맞고 나뒹굴었다. 찰스는 짐을 들어야 하는 터라 비교적 가벼운 레더 메일을 장착한 상황이었다.

전신을 플레이트 아머로 두른 롤란드만이 그나마 무사했다. 그러나 그 역시 화살이 집중되자 버티지 못하고 결국 쓰러졌다.

"끄긱! 킥킥킥!"

"끅! 끄기긱!"

리자드맨 10여 마리가 환호성을 지르며 나타났다. 롱 소드를 지팡이 삼아 힘겹게 일어난 롤란드는 그것들을 노려봤다.

'이상해. 리자드맨들이 왜 저쪽으로는 화살을 쏘지 않는 건가?'

급박한 상황이었지만 롤란드는 의아해하지 않을 수 없었다. 분명 저쪽에 샤크와 크라케가 서 있는데 리자드맨들은 그쪽을 향해 그 어떤 공격도 취하지 않았다. 흡사 그곳에 그들이 있다는 사실을 알지 못하는 것 같았다.

 롤란드가 생각하기에 샤크 등이 어떤 특별한 마법과 같은 능력을 펼쳐 자신들의 존재를 리자드맨들에게 은폐시킨 것이 분명했다.

 그 생각을 하자 왠지 분했다. 기왕이면 모두에게 그 마법을 펼쳐 주었으면 얼마나 좋았겠는가. 그랬으면 롤란드 등이 리자드맨들과 싸울 일도 없었고, 지금처럼 부상을 당할 일도 없었을 것이다.

 '피도 눈물도 없는 놈 같으니. 네가 정녕 사람이냐?'

 롤란드는 샤크가 정말 원망스러웠다. 지금이라도 그가 손 하나만 까딱해 주면 리자드맨들을 모두 해치울 수 있을 텐데, 그는 전혀 도움 줄 생각을 하지 않았다.

 '정말 해도 너무하는군.'

 인지상정이라 했는데, 어찌 저럴 수 있단 말인가? 사람이 죽어 가는 것을 보고도 눈 하나 깜짝하지 않고 오히려 냉소만 띠고 있으니, 저게 어찌 사람이란 말인가?

 그러나 지금은 그를 원망하고 있을 때가 아니었다. 롤란드는 이를 악물며 버티고 선 채 리자드맨들을 노려봤다. 여기서 자신이 쓰러져 버리면 끝장이었다.

"다가오지 마라. 모조리 죽여 버리겠다."

롤란드는 롱 소드를 사납게 휘두르며 리자드맨들을 향해 돌진했다. 그러나 이미 기력이 풀어져 버린 그의 동작은 둔하기 짝이 없었다. 리자드맨들은 마치 조롱하듯 그의 검을 피했고, 그는 결국 무력하게 쓰러지고 말았다.

'크으, 이런!'

이제 포악한 리자드맨들에 의해 자신들이 무참히 죽임을 당하리란 생각에 롤란드는 절망에 빠졌다. 리자드맨들은 사람을 잡아먹는 사악한 몬스터였으니까.

바로 그때, 아주 특이한 일이 벌어졌다. 그의 상식대로라면 리자드맨들은 그 즉시 롤란드 등의 심장을 꺼내 날로 씹어 삼키거나 피를 마시며 승리를 자축해야 정상이었다. 그런데 뭔가에 홀린 듯 몽롱한 표정으로 잠시 멈춰 서 있더니 이내 뭐라고 중얼거렸다.

"끄긱! 왜, 왠지 이놈들의 고기는 맛이 없어 보인다."

"끄기긱! 그래. 아깐 맛있어 보였는데 지금 보니 정말로 맛이 더럽게 없어 보이는군."

"끄긱! 끄긱! 분명 먹으면 배탈이 날 거야. 고기는 놔두고 그냥 물건만 털어 가자."

리자드맨들이 우르르 달려와 롤란드의 플레이트 아머를

벗겼다. 그뿐만이 아니었다. 그들은 롤란드 등이 소지한 모든 물건을 꼼꼼히 챙기기 시작했다. 식량을 비롯해 야영 도구가 들어 있는 커다란 배낭, 무기와 돈, 방어구, 심지어 겉옷까지.

그로 인해 롤란드 등은 모두 속옷 차림으로 변했다. 말 그대로 빈털터리에 알거지 신세가 따로 없었다. 게다가 모두 극심한 부상까지 입은 터라 그야말로 눈 뜨고 못 볼 처참한 지경이었다.

"끄기긱! 모두 철수한다."

"끄긱! 큭큭큭! 오늘 횡재했군."

리자드맨들은 롤란드를 향해 조소를 흘리더니 어디론가 사라졌다. 롤란드는 망연자실한 표정으로 앉아 있었다.

'몬스터들에게 짐을 모조리 빼앗기다니, 이 무슨 꼴인가?'

비니안과 에마, 찰스는 모두 부상으로 기절한 상태라 지금 어떤 일이 벌어졌는지 상상도 하지 못하리라.

그때 샤크가 다가오며 무뚝뚝한 음성으로 외쳤다.

"한 번 이겼다고 방심하더니 꼴좋군. 근처에 또 다른 적이 있을 것이란 생각은 하지 않았나?"

롤란드는 순간 울컥했다.

'제기랄! 정말 해도 너무하는군. 내가 실수한 건 사실이지만 당신이라면 능히 그것들을 막을 수 있었다. 그런데도 이런 상황을 방치하다니, 네가 정녕 인간이냐? 이 망할 자식아!'

라고 그는 외치고 싶었다. 물론 섬뜩하도록 차가운 샤크의 눈빛과 마주한 순간 그 말은 쏙 들어가고 말았지만 말이다. 샤크가 험악한 표정으로 물었다.

"뭔가? 내게 불만이 있는 것 같군."

"아, 아닙니다."

롤란드는 움찔하며 눈을 내리깔았다. 지금 상황에서 샤크의 성질을 건드려 봤자 하등 좋을 것이 없다는 것을 본능적으로 아는 탓이었다. 샤크가 도와주지 않으면 에마와 비니안, 찰스 등은 생명까지 위태로운 상황이 아닌가?

'더러워도 참아야 한다.'

하긴, 이 상황에서 참지 않으면 어쩌겠는가? 롤란드는 이내 무릎을 꿇고 사정했다.

"모두 저의 불찰입니다. 제가 방심하지 않았다면 이런 일도 없었을 겁니다. 이 일로 저를 벌하신다면 달게 받겠습니다. 대신 저들을 치료해 주십시오. 이대로 두면 저들은 모두 죽습니다. 부탁입니다."

샤크는 예의 무뚝뚝한 표정으로 고개를 끄덕였다.

"대충이나마 잘못을 뉘우치고 있으니 특별히 이번 한 번은 치료해 준다. 이후론 수행원으로서 나의 여행에 불편함이 없도록 해라."

그 말과 함께 샤크는 힐끗 크라케를 쳐다봤다.

"크라케, 저들을 치료해 줘라."

"예, 로드."

크라케는 비니안과 에마, 찰스의 몸에 박힌 화살들을 제거한 후 상처에 포션을 쏟아부었다.

콸콸콸!

포션의 효능은 그야말로 불가사의했다. 뼈가 부러지고 내장까지 상했던 상처들이 순식간에 치유됐을 뿐만 아니라 피부까지 완벽하게 복원되어 버린 것이다. 그것을 본 롤란드는 입을 쩍 벌렸다.

'저럴 수가!'

저런 엄청난 효능의 포션이 존재한다는 것이 믿기지 않았다. 그러나 그게 중요한 게 아니었다. 믿기지 않으면 어쩌랴. 그보다 자신의 동생과 비니안, 찰스 등이 모두 완벽히 치료된 것이 얼마나 다행인가?

'휴우!'

하마터면 소중한 동생과 기사를 잃을 뻔했다. 또한 장차 자신의 아내가 되어 줬으면 하는 아름다운 비니안도.

만일 그들이 죽었다면 롤란드 역시 살고 싶은 생각이 사라졌을 것이다. 두 번 다시 그와 같은 위기가 벌어지지 않게 하려면 정신을 바짝 차려야 하리라.

'으득! 절대 방심하지 말자.'

그는 이후로 그의 기억에서 방심이라는 단어를 지워 버리기로 했다. 설령 아무리 안전한 장소에 있을지라도 절대 방심 따윈 하지 않으리라 다짐했다.

한편, 그사이 혼절해 있던 비니안 등이 깨어났다. 그들은 자신들이 부상을 당해 쓰러진 것까지는 기억했지만 그 후로 무슨 일이 벌어졌는지는 전혀 알지 못했다.

그런데 몸이 멀쩡했다. 신기하게 부상을 당한 흔적도 없었다. 문제는 겉옷이 사라지고 속옷 차림이라는 것.

"아앗! 이게 뭐야? 왜 내 옷이!"

"꺄악! 내 옷 어디 갔어?"

비니안과 에마는 펄쩍 뛰며 몸을 가렸고, 찰스는 사라진 배낭과 소지품들로 인해 울상이었다.

"백작님, 짐이 모두 사라졌습니다. 무기도, 방어구도, 식량도 전부 보이지 않습니다."

롤란드는 씁쓸한 미소를 지었다.

"어쩔 수 없소. 살아난 것만으로도 다행이오. 그보다 일단 저 레이디들의 몸을 가릴 옷부터 만드는 게 시급하오."

"염려 마십시오."

찰스는 기사도를 아는 사내였다. 그는 비니안과 에마가 당황하지 않도록 그쪽으로는 시선을 돌리지 않았다. 그리고는 재빨리 근처의 나뭇잎들을 넝쿨로 엮어 그럴듯한 옷을 만들어 냈다.

"자, 어서 입으십시오."

옷 두 벌을 완성한 그는 눈을 감고 비니안 등을 향해 다가가 내밀었다.

"고마워요."

"정말 고마워요, 찰스 경."

찰스의 배려에 비니안과 에마는 감동한 표정을 지었다. 비록 옷이라 볼 수 없는 조악한 것이었지만 그래도 속옷 차림의 민망한 자태는 드러내지 않아도 되었기 때문이다.

멀리서 지켜보고 있던 샤크 역시 내심 감탄하며 흐뭇한 표정을 지었다.

'제법 협의를 아는 녀석이군.'

물론 한편으론 아쉬움도 있었다. 조금 전 속옷 차림의 그녀들에게서 물씬 풍겨나던 뇌쇄적인 유혹을 참아 내는 동안 그의 무극지기 흡수량이 가공할 정도로 급증했기 때문이다.

사실 리자드맨들을 조종해 물건들을 모조리 빼앗아 가게 한 것은 샤크였다. 엄밀히 말하면 그의 지시를 받은 크라케가 한 일이었다. 그런데 크라게가 설마 겉옷까지 벗겨 가게 만들 줄은 샤크도 미처 짐작하지 못했다.

그로 인해 샤크는 속옷 차림의 여인들이 더욱 강렬한 유혹을 풍긴다는 것을 알게 되었다. 물론 그 유혹은 마왕의 포식 욕구였다. 차라리 성적 욕구가 느껴진다면 좋을 성도 싶었다. 인간으로서는 가질 수 없는 이질적이면서 소름 끼치는 욕구를 가지고 있다는 건 실로 불행한 일이니까. 샤크 스스로 자신이 인간이 아닌 마왕임을 재확인하게 된 순간이었다.

어쨌든 이런 상태라면, 아마 속옷까지 사라진 나신 상태의 여체를 보게 된다면 그 유혹은 상상을 초월하리라. 그것을 참아 내는 순간의 무극지기 흡수량이 대폭 급증할 것은 당연한 일.

그렇다면 차라리?

샤크의 뇌리에 아주 가공 무쌍할 만한 무극지기 수련법이 떠올랐지만 그는 이내 고개를 흔들었다.

'안 돼. 내가 아무리 마왕이라지만 그런 망종 짓까지는 할 수 없다.'

망종 짓도 망종 짓이지만 특히나 그 유혹이 너무 강렬한 것도 문제였다. 자칫 참아 내기 힘들 수도 있기 때문이다. 솔직히 속옷 차림의 그녀들을 보면서도 포식의 충동을 이기기가 쉽지 않았는데, 나신을 보면 과연 참을 수 있을지 의문이었다.

'흠.'

그러나 다시 생각해 보니 강해지기 위해서라면 그 정도 망종 짓은 감수해야 하지 않을까? 억지로 벗긴다기보다 몰래 훔쳐본다든지 하는 식으로라도 말이다. 인간이 아닌 마왕인데 좀 훔쳐본다고 크게 흠이 될 것까지야 있겠는가? 체신은 좀 떨어지겠지만 말이다.

물론 아직은 때가 아니었다. 언젠가 미녀들을 보면서도 별다른 포식 욕구가 느껴지지 않는다면 그때 가서 시도해 보기로 했다. 지금은 그냥 쳐다보기만 해도 강렬한 포식 욕구가 느껴지니 굳이 더한 자극은 필요 없었다.

'그러고 보니 저 모습들도 꽤 자극적이군.'

임시방편으로 만든 나뭇잎 옷을 입고 있는 두 미녀의 자태는 확실히 매혹적이었다. 마치 나무의 요정들을 보는 듯 신비롭기까지 했다.

그러나 샤크는 이내 담담한 표정을 회복하며 무극지기의 흡수에 집중했다. 인간들과 어울려 지내다 보니 여러 가지 복잡한 감정들이 엄습해 왔지만, 어차피 그따위 감정들에 억눌릴 그가 아니었다.

중요한 것은 강해지는 것이다. 그래야 스스로의 의지대

로 살 수 있을 테니까. 그래야 마왕의 운명이건, 인간의 운명이건 그 어떤 것에도 구속되지 않을 테니까.

그렇게 샤크가 한쪽에서 무극지기를 흡수하고 있는 사이, 롤란드 등은 앞으로의 난관을 어떻게 헤쳐 나가야 할지 걱정이 태산 같았다. 크라케가 부어 준 포션의 효능 덕분에 용케 목숨들은 건졌지만, 무기와 식량을 모두 빼앗긴 터라 앞이 캄캄했던 것이다.

문제는 이런 상황에서도 샤크가 그들에게 수행원으로서 해야 할 의무를 잊지 말라고 경고했다는 것이다. 즉, 롤란드 등은 때가 되면 음식을 준비하고, 밤이 되면 야영을 위한 편안한 잠자리도 만들어야 한다. 그뿐이 아니었다. 리자드맨들이 나타나면 그 즉시 격퇴해야 했다.

"일단 무기가 필요합니다, 영주님."

아쉬운 대로 그들은 굵은 나뭇가지를 꺾어 지팡이 겸 무기로 삼았다. 유사시 집어 던질 굵직한 돌멩이들도 확보해 두었다.

어느덧 날이 어두워지고 있었기에 나뭇가지와 잎사귀들을 가져다 움막을 만들었다. 텐트 정도는 아니어도 그럭저럭 훌륭한 잠자리였다.

"샤크 님, 잠자리가 준비되었습니다."

샤크는 힐끗 움막을 노려보더니 인상을 찌푸렸다.

"잠자리는 그렇다 치고, 저녁은 어떻게 된 건가?"

"그게, 식량이……."

솔직히 마음 같아선 식량이 사라져 저녁을 준비하기 힘들 것 같다고 말하고 싶었지만, 그런 말을 했다간 어떤 봉변을 당할지 모른다. 롤란드는 짐짓 씩씩하게 웃으며 말했다.

"식량이 사라졌지만 어떻게든 구해서 저녁을 준비할 테니 조금만 기다려 주십시오."

"어서 준비하도록 해라."

"예."

롤란드와 찰스는 어쩔 수 없이 사냥에 나섰다. 그리고 한참이 지났을까? 그들은 자그만 멧돼지 한 마리를 잡아서 돌아왔다. 비니안과 에마가 환호성을 질렀다.

"와! 멧돼지다."

"호호! 한동안 식량 걱정은 하지 않아도 되겠는걸."

그에 롤란드가 한숨을 내쉬며 말했다.

"으! 말도 마라. 이놈을 잡느라 하마터면 죽을 뻔했다."

"조그만 놈이 얼마나 빠른지, 원!"

찰스도 혀를 내두르며 말했다. 가히 만신창이 상태가 된 그들의 몸을 보면 멧돼지를 잡느라 얼마나 고생이 심했는지 알 수 있었다. 롤란드가 문득 머리를 긁적였다.

"근데 이걸 어떻게 요리한다?"

칼이 있어야 피를 빼고 내장을 파내기라도 할 것 아닌가? 나뭇가지로 할 수는 없는 일이었다.

"호호, 그건 내게 맡겨요."

비니안이 의미심장한 표정으로 웃더니 뭐라고 중얼거렸다.

"서몬 언데드 라따!"

순간 그녀의 앞에 시커먼 구름이 뭉클 일어나더니 하나의 형상으로 화했다. 머리는 쥐에 몸체는 인간의 형상이었는데, 키는 대략 1로빗 정도로 작았다.

"앗!"

"라따다!"

롤란드 등의 두 눈이 커졌다. 지금 나타난 것은 말로만 듣던 지하 세계의 이종족인 라따였던 것이다. 쥐의 얼굴을 지닌 라따들은 지하 깊숙한 곳에 사는데, 지능이 뛰어나고 요리에 매우 능숙하다고 알려져 있었다.

그런데 비니안이 그런 라따를 주문으로 소환할 줄이야. 그것도 보통의 라따가 아닌 음침한 기운을 물씬 풍기는 언데드 라따를 말이다.

"찍! 나……를 부른 이유가 뭐냐, 인……간?"

언데드 라따가 피처럼 붉은 눈으로 비니안을 노려봤다.

비니안은 싸늘히 웃으며 고개를 끄덕였다.

"저 멧돼지를 맛있게 요리해 줄 수 있어?"

언데드 라따의 입가에 키득 미소가 맺혔다.

"찌익! 요……리라면 내게 맡겨라."

언데드 라따는 허리춤에 갖가지 크기의 식칼을 차고 있었는데, 그것들을 사용해 멧돼지 사체를 먹기 좋게 손질한 후 꼬치에 꿰어 불로 굽기 시작했다.

화르르르!

노릇노릇 구워지는 멧돼지 고기 냄새에 모두들 침을 꿀꺽 삼켰다.

에마가 두 눈을 휘둥그레 뜬 채 물었다.

"대단해. 대체 이런 마법은 어디서 배운 거야, 비니안?"

그녀는 비니안이 흑마법을 배운 사실을 이미 들어 알고 있었지만 그렇다 해도 언데드 라따를 소환해 요리를 시키는 기괴한 마법까지 알고 있을 줄은 상상도 못 했다.

"실은 저기 있는 크라케 할아버지가 알려 준 마법이야."

비니안은 샤크의 옆에 조용히 서 있는 크라케를 가리켰다.

"그래?"

에마는 의외로 크게 놀라지 않았다. 이미 크라케로부터 그녀가 감당할 수 없는 강력한 어둠의 마나의 기운을 느꼈던지라 그가 꽤 강한 흑마법사라 확신하고 있었기 때문이다.

하지만 아무리 그렇다 해도 흑마법에 언데드를 소환해 요리를 시키는 기괴한 마법이 있을 줄이야. 비록 흑마법이 금기시된 마법이긴 하지만 그녀는 호기심을 느끼지 않을 수 없었다. 여러모로 꽤 쓸 만해 보였기 때문이다.

"찍! 고……기 다 익었다. 이제 먹으면 된다. 그럼 나는 이만……."

언데드 라따가 먼지로 변해 사라졌다. 그사이 비니안의 안색은 창백해져 있었다. 언데드 라따를 소환해 요리를 시키는 동안 그녀의 마력이 대폭 소모되어 버린 탓이었다. 그래도 어쨌든 그로 인해 훌륭한 구이 요리가 만들어졌다.

"맛있겠다."

"호호! 침이 넘어가는걸."

"하하, 배고픈데 잘됐군."

죽도록 고생을 해서인지 더욱 허기가 심했다. 그들은 모두 구운 멧돼지 앞으로 모여들었다. 그러다 문득 롤란드가 고개를 돌려 샤크를 쳐다봤다. 일단 자신들이 먹기 전에 먼저 샤크에게 요리를 바쳐야 할 것 같아서였다.

"샤크 님, 저녁 요리가 준비되었습니다."

샤크가 고개를 살짝 끄덕이더니 말했다.

"수고했다. 그대로 몽땅 가져와라."

순간 롤란드는 움찔했다.

'이걸 몽땅 가져오라고? 설마 이 많은 걸 혼자서 다 먹겠다는 건가?'

롤란드의 표정이 떨떠름하게 변했다. 비니안과 에마, 찰스의 안색도 기막히다는 듯 굳어졌다. 그들은 설마 샤크가 구운 멧돼지를 통째로 가져오라고 할 줄은 상상도 못했다.

그러나 샤크의 지시를 어겼다가는 어떤 봉변을 당할지 모르는 일 아닌가? 롤란드는 어쩔 수 없다는 듯 구운 멧돼지를 번쩍 들어 샤크 앞으로 가져갔다. 그러면서 속으론 샤크가 멧돼지를 먹고 남길 것이라 확신했다.

'절대 다 못 먹어. 적당히 먹다가 질리면 남길 것이다.'

아무리 봐도 혼자서는 죽었다 깨도 못 먹을 분량이었다. 위장이 절대 버텨 내지 못할 테니까.

그러나 그것은 보통의 인간일 경우에나 해당되는 것이었다. 샤크는 작정하면 거대한 마물도 잡아먹을 수 있을 만큼 불가사의한, 이른바 아공간의 위장을 보유하고 있는 소마왕이었다.

움썩, 움썩! 짭짭! 으적으적!

샤크는 천천히, 그리고 꼼꼼하게 구운 멧돼지 한 마리를 먹기 시작했다. 그렇지 않아도 포식 욕구를 참느라 힘이 들던 차였다.

"후후, 이거 고기가 혀에 착착 달라붙는군."

구운 멧돼지 한 마리는 양이 꽤 많았지만 샤크는 꾸역꾸역 먹어 치웠다. 그것을 본 롤란드의 두 눈에서 눈물이 핑 돌았다.

'크으, 제길! 어찌 저게 인간이라는 말인가?'

'흑! 정말 해도 너무해. 어떻게 저걸 다 먹을 수가 있

지?'

'사악한 마왕! 저잔 인간도 아니야.'

'빌어먹을! 소도 먹여 가며 부려 먹는다고 했거늘. 으득! 먹다 배나 터져 뒈져라!'

비니안과 에마도 눈물을 글썽였고, 찰스는 배를 움켜쥔 채 인상을 구겼다. 그들은 속으로 샤크에게 온갖 저주를 다 퍼부었다. 물론 겉으로는 내색하지 못했다. 이미 한 번 찍힌 상황이라 두 번째 찍히면 어떤 사태가 벌어질지 두려웠기 때문이다.

꺼억!

그때 샤크가 포식을 했다는 듯 트림을 한 후 힐끗 롤란드 등을 노려봤다.

"다들 표정들이 왜 그런가? 아무래도 내가 멧돼지를 다 먹은 게 불만인가 보군."

샤크의 표정이 싸늘해지자 롤란드는 흠칫 놀라며 재빨리 웃었다.

"아하핫, 불만이라니요? 그런 것 전혀 없습니다."

"호호! 잘 드셨으면 됐어요."

"맞아요. 저흰 그냥 쳐다보는 것만으로도 충분히 배불러요."

비니안과 에마도 짐짓 화사한 미소를 띠며 말했다. 또한 찰스는 사람 좋은 미소를 지으며 씩씩하게 외쳤다.
"우하하하! 저는 샤크 님께서 맛있게 잡수시니 멧돼지를 잡아 온 보람이 느껴집니다."
그에 샤크가 흡족한 미소를 지으며 말했다.
"좋은 자세들이군. 앞으로도 늘 그렇게 밝은 미소를 짓도록 해라. 얼굴들이 굳어 있으면 꼭 내게 불만이 있는 것처럼 느껴지니 말이야. 알았나?"
"예."
"알았어요."
롤란드 등이 공손히 대답하자 샤크는 고개를 끄덕였다.
"흠, 배가 부르니 식곤증이 오는군. 슬슬 자볼까? 내일 아침 일찍 출발해야 하니 너희들도 이만 자도록 해라."
순간 롤란드 등은 속으로 발끈했다.
'제길! 허기로 배가 텅 비어 죽을 지경인데 어찌 잠이 오겠냐?'
'흥! 너나 실컷 배 두드리고 자라, 이 망할 마왕아.'
그러나 그런 내심과 달리 그들은 이내 헤헤 웃으며 말했다.
"예, 그럼 편히 주무십시오."
"호호! 좋은 꿈꾸세요."
속으로는 울분이 터져 나왔지만 겉으로는 웃어야 하는

신세라니. 죽을 때 죽더라도 그냥 확 들이대 볼까 하는 충동도 들었지만, 그들 중 누구도 그것을 실행으로 옮기는 이는 없었다.

비록 리자드맨들로부터 뜻밖의 불상사를 당해 꼴이 우스운 신세가 되긴 했지만 다들 눈치 하난 빨랐다. 따라서 샤크의 성질을 건드린다는 것이 얼마나 무모한 짓이며, 또 위험한 짓인지를 모를 리 없었다.

꼭 매를 맞아 봐야 매의 무서움을 아는 것이 아니다. 물론 어리석은 자들은 뭐든 몸으로 직접 겪어 보고 피눈물을 흘려 봐야 비로소 자신의 어리석음을 깨닫게 되지만, 눈치 빠른 이들은 굳이 그런 사태를 겪지 않고도 알아서 조심하게 되는 것이다.

그러나 그들이 그렇게 알아서 조심해야 한다는 발상을 하게 만드는 것! 그것이 바로 광협 백룡의 용하술 중 기초편에 수록된 내용임을 그들이 어찌 짐작이나 하겠는가.

꼬르륵!

꾸륵!

롤란드 등은 어쩔 수 없이 나뭇등걸에 기대 잠을 청했다. 그러나 배에서 음식을 달라고 아우성을 질러 대니 다들 미칠 지경이었다.

'으! 배고파……'

'뭐라도 좀 먹었으면.'

지금이라면 뭐든 먹어 치울 수 있을 것 같았다. 하지만 그사이 완전히 캄캄해진 이 숲에서 먹을 것을 구하기엔 이미 늦은 터라 그저 배를 움켜쥐고만 있을 뿐이었다.

그때 샤크의 무뚝뚝한 음성이 그들의 귓전을 때렸다.

"너희들은 살면서 지금처럼 굶어 본 적이 있느냐? 물론 입맛이 없어서 먹지 않았던 것 말고 진짜로 굶주렸던 적 말이야."

롤란드 등은 일제히 고개를 흔들었다. 그냥 입맛이 없어서 끼니를 거른 적은 있지만 지금처럼 배가 고픈데도 굶어 본 적은 단 한 번도 없었다.

"없습니다."

"오늘이 처음이에요."

"너무 배고파요."

"제발 먹을 것 좀 주십시오."

순간 샤크가 비릿한 미소를 지었다. 그는 롤란드를 노려보며 물었다.

"처음으로 굶주림을 느껴 보니 기분이 어떠냐, 오마다 백작? 괜찮으니 솔직히 말해 봐라."

롤란드는 잠시 머뭇거리다 대답했다.

"솔직히 말하자면 기분이 정말 더럽습니다. 비참하기도

하고요. 정말로 두 번 다시 느껴 보고 싶지 않습니다."

"그럴 것이다. 하지만 네가 두 번 다시 느껴 보고 싶지 않은 그 비참함! 아마도 그것을 네가 다스리는 영지의 백성들은 수시로 느끼고 있을 것이다. 단 한 번도 굶주려 본 적 없는 너의 풍요로움은 그들이 흘린 피눈물로 이루어진 것임을 생각해 본 적 있느냐?"

순간 롤란드의 두 눈이 커졌다.

"그건……."

"왜, 아닌 것 같나?"

"아닙니다. 듣고 보니 맞는 것 같습니다."

롤란드는 왠지 가슴이 시큰했다. 사실 그가 모를 리 없었다. 그의 영지에 속한 백성들이 모두 풍요롭게 살진 못한다는 것을. 1년 중 수확 철이 아니면 그들 중 상당수가 굶주리며 그야말로 근근이 버텨 나간다는 것을.

그러나 영주인 그는 그것을 당연하게 생각했다. 자신은 귀족이며 영주이니 그들이 고된 노동을 통해 이루어 낸 수확물의 대부분을 세금으로 거둬들이는 것도 그에겐 너무 당연한 일이었다.

물론 지금도 그것이 당연하다는 생각엔 크게 변함이 없었다. 그는 영주이고 귀족이니까. 무엇보다 그렇게 교육받아 왔기에 그것이 잘못이라는 생각도 들지 않았다. 다만,

직접 굶주림을 느껴 보니 뭔가 가슴이 약간 저릿한 감은 있었다.

"지금 고작 하루의 굶주림을 통해 너는 일시적으로나마 백성들의 비참한 기분을 느껴 봤다. 그러나 그것은 말 그대로 일시적인 기분일 뿐이야. 다시 배부르고 편안해지면 그 따위 생각은 더 이상 하지 않게 될 것이다."

샤크의 말에 롤란드는 잽싸게 고개를 흔들었다. 샤크의 말이 틀리지는 않았지만 왠지 지금 상황에서 그것을 인정했다가는 고생길이 훤할 것 같아서였다. 그는 샤크의 눈치를 보며 짐짓 비장한 표정으로 말했다.

"그렇지 않습니다. 저는 당신이 오늘 제게 무엇 때문에 굶주림을 경험하게 하셨는지 대략이나마 깨달았습니다. 이후로 절대 이 비참한 기분을 잊지 않을 것이며, 영지를 다스릴 때 반드시 참고할 것입니다."

샤크가 차갑게 웃었다.

"너는 그 기분을 절대 잊지 않게 될 테니 염려 마라. 잊고 싶어도 잊을 수 없을 테니까."

"그게 무슨 말씀이신지?"

"앞으로 너는 수행원으로서의 임무에 충실한 동시에 스스로의 생존에도 신경 써야 한다."

샤크는 비니안 등을 노려보며 말을 이었다.

"너희들도 마찬가지. 나는 너희들이 굶어 죽든 말든 신경 쓰지 않을 것이다. 내일부터는 죽기 싫으면 풀뿌리라도 캐 먹으며 체력을 보충하도록."

"크으!"

롤란드의 인상이 일그러졌다. 뒤에서 듣고 있던 비니안 등도 울상을 지었다. 그들은 샤크가 뭔가 진지하게 훈계를 하기에 내심 한편으로 기대를 했다. 훈계가 끝나면 혹시라도 먹을 것을 준다든지, 아니면 앞으로 좀 편하게 수행원 노릇을 할 수 있도록 풀어 준다든지 하는 식으로 말이다.

그런 기대는 사실 당연한 것이었다. 보통 혼을 낸 후에는 적당히 풀어 주는 게 정상이 아닐까? 사람을 너무 몰아붙이기만 하면 어떻게 살라는 말인가.

그러나 샤크는 그런 것 따위는 안중에도 없는 듯했다. 그는 정말로 롤란드 등이 굶어 죽든 말든 신경도 쓰지 않을 것 같았다. 또한 그 와중에 혹독한 수행원의 임무를 수행하게 할 것이 분명했다.

다음 날 새벽, 심한 허기로 인해 거의 뜬눈으로 밤을 지새운 롤란드 등은 동이 트자마자 먹을 것을 찾아 나섰다. 이번에는 롤란드와 찰스뿐 아니라 비니안과 에마도 함께 나섰다.

"우리도 가보자. 이대로 있다간 정말 굶어 죽을지도 몰라."

"맞아, 뭐든 먹어야 해."

숲에서 산 덕에 약초나 야채 등에 대한 상식이 풍부한 비니안은 그녀의 특기를 살려 금세 먹을 만한 열매들을 찾아냈다.

"호호! 바로 이거야."

그녀는 근처의 나무에 매달린 어른 주먹만 한 크기의 열매를 하나 따서 흔들어 보였다. 하지만 껍데기가 매우 딱딱하고 투박한 외양이라 도저히 먹을 것으로 보이지는 않았다.

그러나 비니안은 이것이 허기와 갈증을 모두 면하게 해주는 비교적 훌륭한 식용 과일인 아드쓰 열매임을 알고 있었다.

딱! 따악!

곧바로 돌멩이를 들어 껍데기를 깨뜨리자 안에서 즙이 가득한 부드러운 속살이 나왔다. 에마가 탄성을 질렀다.

"와아! 정말이구나. 먹을 수 있겠어."

잠시 후, 아드쓰 열매의 속살을 씹어 먹던 에마는 인상을 찌푸렸다. 열매의 즙에서 매우 쓴맛이 났기 때문이다.

"으! 너무 쓰잖아."

"그래도 이 열매를 먹으면 갈증이 풀리고 허기도 채울 수 있어."

"그렇구나."

성에 있을 때라면 쳐다보지도 않을 싸구려 과일이었다. 심지어 그녀의 하녀들도 관심을 두지 않을 만큼 맛이 없었다.

그러나 지금 상황이 그런 걸 가릴 때인가? 맛없는 싸구려 과일일지라도 배를 채울 수 있다면 감지덕지할 뿐이었다.

냠냠! 쩝쩝!

그녀들이 아드쓰 열매를 먹고 있자 근처로 사냥을 나섰던 롤란드와 찰스가 두 눈을 휘둥그레 뜨고 달려왔다. 그들은 뭔가를 잡으려 했지만 허탕만 치고 있던 차였다.

"오! 이런 걸 발견하다니 대단하군."

"으하하하! 정말 멋집니다, 비니안 양."

롤란드와 찰스는 아드쓰 열매의 속살을 우걱우걱 씹어 먹으며 감개무량한 표정을 지었다. 하도 배가 고프다 보니 쓴맛 따위는 신경 쓰이지 않았다.

으적! 짭짭!

말을 하면서도 롤란드와 찰스는 먹는 것을 쉬지 않았다. 그들의 입가에는 미소가 맺혀 있었다. 평소에는 쳐다보지도 않았던 싸구려 열매로 행복감을 느끼게 될 줄은 상상도 못했다.

"후! 이제 좀 살겠군."

"고작 하루를 굶었을 뿐인데 정말 죽는 줄 알았습니다."

문득 롤란드가 한숨을 푹 내쉬며 나직하게 말했다.

"그나저나 이제 어떻게 하지? 이대로 그 악마 같은 자의 수행원 노릇을 계속하게 되면 우리 몸이 남아나지 않을 것이다."

"그래서 제 생각엔, 차라리 이대로 달아나는 것이 어떨까 싶습니다."

찰스의 말에 옆에서 에마가 펄쩍 뛰었다.

"미쳤어요! 그러다 잡히면 어쩌려고요?"

"허튼 생각 말아요. 잡히면 맞아 죽는다고요."

비니안도 어이없다는 표정으로 찰스를 노려봤다. 찰스가 한숨을 내쉬며 대답했다.

"하지만 이대로라면 며칠 못 가 우린 모두 죽을 겁니다. 변변찮은 무기도 없이 리자드맨들과 싸워 이길 자신 있습니까? 더구나 지금은 리자드맨들이 문제가 아닙니다. 사악한 드래곤이 있는 그 숲으로 들어가면 더욱 큰일이지요. 만일 영주님께 무슨 일이라도 생기면 오마다 영지는 혼란에 빠질 것입니다."

"……."

그 말에 모두의 표정이 굳어졌다. 찰스의 말은 틀리지 않았다. 지금 상태로는 리자드맨들을 만나도 봉변을 당할 것이 분명했다. 샤크가 도와줄 리 만무하니 말이다.

그런데 이 꼴로 리자드맨들과 비할 수 없이 무서운 드래곤이 있는 곳에 간다는 것은 그야말로 죽음을 자초하는 일이 아니겠는가. 그곳에 가서 개죽음을 당하느니 차라리 어디론가 달아나는 것이 그나마 살길이란 생각이 들었다.

순간 롤란드가 무겁게 고개를 끄덕이고는 에마와 비니안을 쳐다봤다.

"나도 찰스 경의 말이 틀리지 않다고 생각한다. 이대로 그의 노예 같은 신세로 끌려 다니다 비참하게 죽느니, 차라리 달아나는 게 어떠냐?"

에마가 고심하는 표정을 지었다.

"오빠, 우리가 그를 피해 달아날 수 있을까?"

"쉽지는 않겠지. 하지만 이대로 죽음을 기다리는 것보다는 어떤 식으로든 살길을 찾는 게 현명해."

"그럼 영지는 어떻게 하고? 우리가 달아나면 그의 성격상 쉬드 성으로 돌아가 성을 박살 내버릴지도 몰라."

"그건 그렇군. 제길!"

에마의 말에 롤란드의 인상이 구겨졌다. 일단 이 상황을 모면하려다 보니 미처 그 생각을 못 했던 것이다.

'정말로 그렇게 되면 큰일이다.'

롤란드는 잠시 고심하다 이내 결연한 눈빛으로 찰스 등을 쳐다봤다.

"어쩔 수 없군. 찰스 경, 지금 즉시 두 레이디들을 데리고 쉬드 성으로 돌아가시오. 이곳엔 나 혼자 남겠소."

"영주님! 그건 말도 안 됩니다."

찰스가 펄쩍 뛰었고, 에마와 비니안도 깜짝 놀랐다.

"오빠, 그게 무슨 말이야?"

"혼자 남겠다니 말도 안 돼요."

롤란드는 씁쓸히 웃었다.

"모두가 죽을 수는 없어. 아무래도 그는 오마다 영지의 영주인 내게 뭔가 유감이 있는 게 분명해. 나만 남아 있으면 굳이 너희들이 달아난 것을 문제 삼지 않겠지."

롤란드는 찰스를 향해 시선을 주며 말했다.

"찰스 경! 서둘러 주시오."

"말도 안 돼! 오빠를 두고 나 혼자 어떻게 가? 난 못 가!"

"그렇습니다. 저 역시 영주님을 두고 갈 수는 없습니다. 차라리 제가 남고 영주님께서 두 아가씨들과 함께 떠나시는 게 좋겠습니다. 영주님을 위해 목숨을 바치는 게 기사인 저의 마땅한 소임입니다. 오히려 영광입니다."

찰스의 표정은 비장하게 변해 있었다. 롤란드는 일순 감동한 표정을 지었지만 이내 어깨를 으쓱하며 물었다.

"찰스 경, 정말 결혼도 못 해 보고 죽고 싶소? 여긴 내게 맡기고 어서 가시오."

순간 찰스가 움찔했다. 롤란드의 말대로 결혼해서 행복하게 사는 것이 그의 꿈이었다. 그러나 아무리 그것이 중요하다 해도 영원한 충성을 맹세한 영주를 두고 살길을 도모한다는 것은 있을 수 없는 일이었다.

"헤헷! 그러는 영주님이야말로 여기 계신 비니안 님처럼 아름다운 미인과 결혼하는 것이 꿈이라 하지 않으셨습니까?"

찰스의 말에 비니안이 깜짝 놀란 듯 눈을 둥그렇게 떴다. 그녀는 고개를 돌려 롤란드를 쳐다봤다. 그러자 롤란드는 당황해 안색이 붉게 달아올랐다. 그는 비니안의 시선을 피하며 찰스를 노려봤다.

"그게 무슨 소리요? 내가 언제 그런 실례되는 말을 했단 말이오?"

찰스가 씩 웃으며 대답했다.

"명색이 기사로서 영주님의 마음을 모른다는 것은 말이 안 되지요. 헤헷! 그럼 두 분, 부디 행복하시길 진심으로 바랍니다. 저는 걱정 말고 어서 떠나십시오."

롤란드가 비니안을 마음에 두고 있다는 사실을 찰스가 눈치챈 것일까? 사실 그것은 찰스의 눈치가 빨라서가 아니었다. 그는 오히려 둔한 편에 속했다. 그러나 롤란드의 시선이 줄곧 비니안을 향해 있었으니 어찌 눈치채지 못하겠는가?

 에마 역시 자신의 오빠인 롤란드가 비니안을 좋아하고 있음을 진작부터 눈치챘다. 짐짓 모른 척하고 있었을 뿐.

 다만, 정작 당사자인 비니안은 그것을 몰랐다. 그녀는 잠시 멍한 표정으로 롤란드를 쳐다봤다. 물론 그녀 역시 롤란드에게 호감이 없는 것은 아니었지만 그가 가진 유약하고 소심한 성격에 실망한 터였다. 그녀는 도도한 미소를 지으며 말했다.

 "내게 관심을 가져 준 건 고맙지만 미안해요. 난 적어도 우리 아빠만큼 강한 사람이 아니면 관심이 없거든요."

 그 말에 롤란드의 표정이 살짝 일그러졌다. 비니안의 아빠가 누구인가? 그는 붉은 숲의 검사 라우벤이었다. 먼터 왕국뿐 아니라 클라우드 대륙 최강의 검사라 불리는 전설적인 무인.

 그런데 적어도 그만한 실력을 지녀야 관심을 가져 주겠다니, 롤란드로서는 사실상 가망이 없는 일이나 마찬가지였다. 그러나 그는 이내 씩씩하게 웃으며 물었다.

"그럼 내가 라우벤 님만큼 강해지면 나와 결혼해 줄 수 있어?"

"그땐 생각해 볼게요."

"하하하! 좋아. 기다려라. 나는 반드시 그만큼 강해질 테니까."

순간 비니안은 속으로 놀랐다.

'이상해. 롤란드 오빠답지 않아.'

사실 그녀는 방금 전 자신의 말에 롤란드의 기가 죽을 것이라 예상했다. 그런데 의외로 그는 당차게 웃으며 강해지겠다고 말했다. 평소의 유약하고 소심한 그에게는 없던 당당함이었다.

그것에 놀란 것은 비니안뿐만이 아니었다. 정작 롤란드 역시 깜짝 놀란 터였다.

'이런! 내가 지금 무슨 말을 한 건가?'

롤란드의 프러포즈에 비니안은 그가 도저히 이룰 수 없는 조건을 제시했다. 그는 바보가 아니었다. 그것이 비니안의 매몰찬 거절의 뜻임을 왜 모르겠는가?

예전 같았다면, 아니 불과 하루 전만 같았어도 롤란드는 크게 실망하다 못해 절망에 빠져 비니안을 포기했을 것이다. 그런데 어디서 생긴 용기인지 그는 라우벤처럼 강해지겠다고 외쳤다. 그것도 당당하게!

대체 어디서 온 자신감인 것일까? 혹시 객기?

다시 생각해 보니 결코 객기가 아니었다. 그것은 그의 마음 깊은 곳에서 울분처럼 솟구친 뜨거운 감정이었다. 오래도록 잠자고 있던 내면의 분노와 같은 그 감정은 한번 들끓기 시작하자 주체 못할 정도로 그의 영혼을 사로잡았다.

'그래, 내가 못할 게 뭐냐. 제길! 라우벤! 그도 인간이고 나도 인간인데 나라고 그만큼 강해지지 못할 게 뭔가? 노력하면 어떻게든 방법을 찾을 수 있을 것이다.'

이를 악문 롤란드의 두 눈빛이 이글거렸다. 그것은 그야말로 경악할 정도의 발전이었다. 유약하기만 했던 자신에게 이런 면이 있었다는 사실에 롤란드는 가슴이 세차게 뛰었다.

'내가 미쳤나? 왜 이러는 거야?'

그러나 그는 미친 것이 아니었다. 자신이 어쩌면 일종의 각성 비슷한 것을 한 것이란 생각이 들었다.

각성(覺醒)!

그 덕분인지 몰라도 그는 갑자기 자신의 머리가 무척 맑아졌음을 느꼈다. 두려움이 사라지고 마음은 대범해졌다. 대체 어째서 이런 각성을 한 것일까?

'혹시?'

롤란드는 문득 이 일이 지난 하루 사이에 벌어진 고통과 관련되어 있음을 깨달았다. 그는 몬스터들에게 죽을 뻔했을 뿐 아니라 짐을 몽땅 털리는 모욕을 당하고 굶주림에 지쳐 서럽게 눈물도 흘려 보았다.

　귀족인 그로서는 상상도 해보지 못한 큰 굴욕과 죽음에 대한 두려움! 그것이 그의 가슴 내면에 숨겨져 있던 진정한 용기와 투지를 일깨운 것이다. 지금 상태라면 뭐든 할 수 있을 것 같았다.

　'그렇군. 이게 바로 진정한 나였다. 예전의 나는 내가 아니었어.'

　롤란드는 마치 새로 태어난 기분이었다. 동시에 자신의 숨겨진 용기를 일깨워 준 샤크가 고마웠다. 그가 무엇 때문에 괴팍한 행동을 했는지 이제는 대략 이해할 수 있었다.

　'그런 것도 모르고 무작정 달아날 생각을 했다니, 심히 부끄럽구나.'

　스스로의 용기를 각성한 롤란드는 더 이상 달아날 생각을 하지 않았다. 오히려 샤크의 수행원으로서의 역할에 충실하기로 다짐했다.

　'아무리 힘들어도 버텨야 돼. 어쩌면 그의 곁에 있으면 나도 강해질 수 있을 것이다. 라우벤 님처럼 말이야. 아마 그분도 샤크 님 때문에 강해진 게 분명해.'

　그렇게 롤란드가 비장한 눈빛을 번뜩이며 투지를 불태우

는 모습을 비니안과 에마, 찰스는 멍한 표정으로 바라봤다.

"우리 오빠가 왜 저러지, 비니안?"

"글쎄! 아마 철이 든 게 아닐까?"

"그런 걸까?"

에마는 고개를 갸웃했다. 정확한 이유는 모르지만 나쁜 일이 아님은 확실했다. 영주인 롤란드의 저와 같은 변화는 장차 오마다 영지의 발전에 긍정적인 효과를 미칠 테니까.

그때 찰스가 다급히 말했다.

"영주님, 시간이 없습니다. 이곳은 제게 맡겨 두시고 어서 아가씨들과 함께 성으로 돌아가십시오."

롤란드는 고개를 흔들었다.

"천만에! 약속을 한 이상 지켜야 하오. 달아나는 것은 비겁한 짓. 조금 전의 일은 없던 것으로 하겠소."

"영주님, 하지만……."

찰스가 침통한 표정을 짓자 롤란드는 크게 웃으며 찰스의 어깨를 두드렸다.

"후하핫! 염려 마시오. 우리가 그깟 몬스터들 따위에게 죽임을 당할 만큼 약한 자들은 아니지 않소?"

"그렇긴 합니다만."

"자, 갑시다. 샤크 님이 있는 곳으로. 그분에게 약속한 이상 우린 수행원으로서의 임무에 충실해야 하오."

"영주님의 뜻에 따르겠습니다."

"고맙소, 찰스 경."

롤란드 등은 곧바로 아드쓰 열매를 잔뜩 챙겨 샤크가 있는 곳으로 돌아갔다. 그리고 샤크의 앞에 그것들을 내려놓았다.

"아침을 준비했습니다, 샤크 님."

"그게 뭔가?"

"아드쓰 열매라고, 비록 맛은 없지만 먹으면 갈증과 허기가 풀립니다."

순간 샤크가 인상을 찡그리더니 한기가 펄펄 날리는 표정으로 롤란드를 노려봤다.

"그러니까 맛없는 과일인 것을 알고도 내게 가져왔다 이거군."

"맛은 없지만 식용 과일이라서……."

"닥쳐라! 식용 과일 중에 맛있는 것도 많을 텐데 왜 하필 맛없는 것을 골라 왔단 말이냐. 어디 그 이유를 말해 봐라."

"그게……."

롤란드는 흠칫 몸을 떨었다. 그러고 보니 무슨 변명이 통하겠는가? 아무 생각 없이 아드쓰 열매를 샤크에게 갖다 바친 것이 문제였다.

"죄송합니다."

"뭐가 죄송하다는 건가?"

"맛없는 열매를 가져온 것 말입니다."

샤크가 싸늘히 웃었다.

"잘못을 알고 있다니 한 번은 넘어간다. 하지만 또다시 같은 일로 잘못을 범한다면 가만두지 않을 것이다."

"앞으로 조심하겠습니다."

"멀뚱히 서 있지 말고 당장 다시 아침을 준비하도록."

"예."

공손히 고개를 숙이는 롤란드의 인상은 울상으로 변했다.

'크흑! 이게 무슨 꼴인가?'

약속을 했으면 지켜야 한다는 생각에 당당히 돌아왔다. 내면에서 일어난 진정한 용기와 투지를 가지고 말이다.

그러나 현실은 실로 참혹했다. 샤크는 그를 무슨 노예 취급하고 있었다. 이 상황에 무슨 용기와 투지가 소용 있겠는가? 지랄! 그저 한숨만 나올 뿐이었다.

'젠장! 망할! 빌어먹을……!'

롤란드는 투덜거리며 다시 음식을 찾아 나섰다. 에마와 비니안 등도 입을 삐죽거리며 그의 뒤를 따랐다.

'쳇! 아무거나 좀 먹을 것이지. 까다롭긴.'

'으아아! 정말 해도 너무해.'

'제길! 저 마왕 좀 누가 안 잡아가나?'

그런 그들의 뒷모습을 샤크는 의미심장한 미소를 지으며 쳐다봤다. 그러다 롤란드의 어깨가 축 처져 있는 것을 보고 혀를 찼다.

'쯧! 그걸 각성이라 생각했나 본데 착각일 뿐이다. 진정한 각성을 이루려면 넌 아직 멀었다.'

일시적인 감정은 그저 감정일 뿐 각성이 될 수 없다. 그 순간엔 뭔가 대단한 것을 느낀 것 같고 스스로가 변한 듯 생각하지만 그건 그저 감정에 속은 것뿐이다. 그 감정이 사라지면 언제 그랬냐는 듯 본래의 상태로 돌아가기 때문이다.

사람은 절대 그리 쉽게 변하지 않는다. 따라서 진정한 각성이나 변화를 이루려면 정말로 뼈를 깎는 고통을 겪지 않으면 안 되기에 사실상 평생을 두고 노력해야 했다.

그러나 샤크는 예외적으로 보다 빠르게 각성을 이루게 하는 비법을 알고 있었다. 물론 그 비법은 그리 특별한 것은 아니었다. 아주 단순하기 그지없으니까.

혹독하게 굴리고 또 굴리면 된다. 다시 말해 고생을 심하게 시키면 된다. 작은 고생이 아니라 강도 높은 고생! 그것들을 극복할 때마다 조금씩 한계를 벗어나게 되니까.

이는 그가 전생에서 저술한 '용하술'에 나온 내용으로, 그 역시 그것을 항시 진리로 여겨 그것을 통한 수련을 게을리 하지 않았다. 불세출의 신묘한 심법인 만상무극심법도 그러한 과정에서 탄생했다. 생명의 위협을 느낄수록 무극지기의 흡수량이 늘어나는 것도 모두 그와 관련되어 있었다.

그렇게 그 스스로도 항상 혹독한 고생을 자초하며 수련을 하는 샤크였기에 그가 남을 훈련시키는 방법 또한 과격할 수밖에 없으리라. 롤란드 등에게는 무척 불행한 일이지만 그들의 고생은 이제 시작일 뿐이었다.

Chapter 6
맞을수록 강해진다

샤크 일행이 쉬드 성을 떠나온 지 어느덧 열흘 가까운 시간이 흘렀다. 그사이 롤란드 등의 일과는 동일했다. 새벽부터 일어나 샤크의 아침을 준비하고 길을 떠난다. 그리고 정오가 되면 또 점심을 준비해야 한다.

보통 먼터 왕국에서는 설령 귀족들이라 해도 정식 식사는 하루에 두 끼 정도만 먹는 것이 일반적이었다. 아침과 저녁, 이렇게 말이다. 그러나 샤크는 그 사이에 반드시 점심을 먹어야 했다. 그리고 아침은 맛 좋은 과일 정도로 넘어가지만 점심때부터는 반드시 싱싱한 고기를 잡아다 바쳐야 했다. 저녁때는 말할 것도 없고 말이다.

그런데 어디 그게 쉬운 일인가? 특히나 샤크의 입맛은 매우 까다로웠다. 그의 분노를 자극하지 않으려면 성심을 다해 식사를 준비해야 했다.

커다란 영지의 주인이었던 롤란드가 다른 사람의 세끼 식사를 준비하기 위해 노심초사하는 신세가 된 것이다.

비니안과 에마도 마찬가지. 그녀들이 언제 이런 고생을 해봤겠는가. 아마 다른 곳에서였다면 차라리 죽으면 죽었지 못하겠다고 버텼을 것이다. 아니, 샤크에게 맞아 죽는 한이 있더라도 수행원 노릇을 때려치우고 싶을 때가 한두 번이 아니었다.

그러나 막상 샤크 앞에 서기만 하면 그런 생각이 씻은 듯이 사라졌다. 삭막하면서도 살벌한 그의 눈빛을 보는 순간 그들은 모범적인 수행원으로서의 의지를 불태워야 했다.

어째서 차라리 맞아 죽겠다는 각오를 했다가도 막상 샤크 앞에 서면 그 생각이 쏙 사라지는 것일까? 그것은 그런 짓을 했다간 실제로 죽도록 맞게 되기 때문이었다.

샤크는 정말로 무지막지한 자였다. 롤란드 등이 그에 대해 확실히 알게 된 것은 대략 며칠 전이었다. 그때까지 샤크의 까다로운 입맛을 보다 못한 찰스가 불쑥 한마디를 했다.

"염병! 그냥 대충 좀 처먹으면 안 되나?"

라고 말이다. 그는 그 말이 끝나는 순간 스스로의 입을 손으로 막으며 후회했지만 이미 늦은 터였다. 자신도 모르게 튀어나간 말은 그가 스스로 생각하기에도 매우 심했다.

앞의 염병이라는 욕도 그렇고, 뒤의 처먹는다는 말도 그렇고. 누가 봐도 그냥 넘어가기에는 상당한 무리가 있어 보이는 말을 한 것이다.

그에 놀란 것은 찰스뿐만이 아니었다. 롤란드와 비니안, 에마의 안색도 창백하게 변했다. 곧바로 샤크의 두 눈에서 섬뜩한 혈광이 번뜩였다.

"후후후, 몸이 근질근질해서 그런 거면 아주 잘 생각했다."

"헉! 자, 잘못했습니다. 어쩌다 말이 헛나갔습니다."

찰스는 재빨리 사죄했지만 샤크의 표정은 더욱 싸늘해지기만 할 뿐이었다.

"늦었다. 이미 한번 튀어나간 말은 주워 담지 못하지. 너는 평소 혀를 제어하는 훈련을 했어야 했다. 자고로 모든 화는 혀에서 비롯된다는 말도 들어 보지 못했느냐?"

"흐억!"

그때부터 시작이었다. 찰스는 딱 죽기 직전까지 맞았다. 샤크는 어떻게 하면 가장 아프게 때릴 수 있는지 기막히게 아는 듯했다. 명색이 기사인 찰스가 돼지 멱따는 소리를 내며 비명을 질러 댔으니까.

퍼벅! 쾅쾅쾅! 우지끈! 파파파팍-!

"케엑! 꾸어어억! 으아아아아-!"

롤란드 등은 새파랗게 질린 표정으로 오들오들 떨었지만 한편으로는 사람이 저렇게 맞을 수도 있구나 하며 감탄하기도 했다. 물론 비니안의 경우는 그와 같은 장면을 제법 목격했기에 새삼스러울 것이 없었지만, 그래도 샤크의 구타술은 언제 봐도 가히 예술적이었다.

찰스는 결국 기절했지만 거기서 끝이 아니었다. 만신창이가 되어 널브러진 그를 향해 크라케가 포션을 부었고, 그는 금세 본래 상태로 회복됐다. 샤크의 입가에 다시 냉소가 피어났다.

"이걸로 염병이라는 욕에 대한 벌은 내렸다. 다음으로 내게 처먹는다는 말을 한 것에 대한 벌을 내리도록 하지. 흥! 생각할수록 화가 나는군. 감히 처먹으라니! 내가 네놈이 키우는 가축이라도 된다는 말이더냐? 대체 어디서 배워 먹은 말버릇이냐? 엉?"

"헉! 제발! 잘못했습…… 쿠어억!"

샤크의 무자비한 주먹이 찰스의 안면에 꽂혔다.

퍽! 콰작! 팍팍팍!

그 후로 또다시 눈 뜨고 보기 힘든 무식한 구타가 이어졌다. 그리고 그 구타는 찰스가 만신창이 상태로 기절한 후에야 끝이 났다.

"포션을 부어라."

"예, 로드."

쪼르륵.

크라케가 키득 웃으며 찰스의 상처에 포션을 부었다. 그것을 본 롤란드 등은 치를 떨었다. 포션을 붓는 모습이 저리 사악해 보일 수도 있음을 처음으로 깨달은 그들이었다. 저렇게 말끔히 치료해 준 후 다시 때릴 거면 그냥 치료를 하지 않는 것이 오히려 나을 것이다.

다행히 샤크의 구타는 거기서 멈췄다. 그는 잔뜩 주눅이 들어 훌쩍이는 찰스를 향해 싸늘히 물었다.

"너는 내게 왜 맞았다고 생각하느냐?"

"잘못해서 맞았습니다."

샤크가 인상을 찌푸렸다.

"그건 당연한 말이다. 그보다 나는 구체적으로 네가 어떤 잘못을 했는지를 묻는 것이다."

"그러니까……."

"그것을 알지 못한다면 아직 잘못을 뉘우치지 않았다는 것을 의미한다. 다시 말해, 매가 더 필요하다는 뜻이겠지."

그 말에 찰스가 움찔하더니 잽싸게 대답했다.

"혀, 혀를 잘못 놀려서 맞았습니다."

샤크가 살짝 미소를 지었다.

"좋아. 아주 잘 알고 있군."

"그렇습니다."

"오늘 내게 맞았다고 너무 억울해하지 마라. 다 사람 되라고 때린 것이었으니 말이야. 이후로 내가 두 번 다시 매를 들지 않도록 알아서 혀를 철저히 조심하도록."

"예, 알겠습니다."

찰스는 안도하며 대답했다. 죽도록 맞고 나니 자존심 따위는 사라진 지 오래였다.

'크으! 정말로 죽는 줄 알았다.'

그야말로 지옥의 고통이 따로 없었다. 맞을 때는 차라리 죽었으면, 하는 심정이었다. 그런데 특이한 것은 이상하게 몸에 기운이 펄펄 난다는 것. 이게 어찌 된 일일까? 단순히 힘이 넘치는 것이 아니라 체내의 마나가 급증한 듯했다.

무엇보다 마나의 운용어 더욱 자유로워졌다. 이대로라면 가히 예전보다 두 배는 강해진 것이나 마찬가지.

'혹시 포션 때문인가?'

찰스는 크라케가 부어 준 포션에 아주 기막힌 효능이라도 있는 것이라 생각했다. 그렇지 않다면 갑자기 이런 놀라운 일이 벌어질 이유가 없었기 때문이다.

그러나 그가 어찌 알 수 있겠는가. 샤크가 단순히 무식한 화풀이를 한 것이 아니라 특별한 방식의 구타를 통해 그의 기혈(氣穴)들을 대거 타통(打通)시켰음을 말이다. 이는 시전자의 무공이 극의에 이르지 않으면 시도조차 할 수 없는 초절한 수법이었다.

 따라서 어차피 찰스가 잘못했건 안 했건 이미 예정되어 있던 구타였다. 물론 찰스뿐 아니라 롤란드 등도 마찬가지. 말을 잘못한 걸 빌미로 가장 먼저 찰스가 당했을 뿐 어차피 롤란드 등도 당해야 할 아주 불행한 운명이었다. 샤크의 수행원이 된 이상 말이다.

 물론 결코 불행하다 할 수 없는 운명이긴 했다. 잠깐의 고통으로 단번에 강해질 수 있으니, 그들에게는 사실상 놀라운 기연을 만난 것과 다를 바 없으리라. 기연이 도무지 기연 같지 않아서 그들이 아직 모르고 있을 뿐.

 다음 순서는 금세 찾아왔다. 찰스가 그렇게 한번 호되게 당한 이후로 다시 하루가 지났을 무렵, 이번에는 롤란드가 잠결에 잠꼬대로 샤크를 저주하는 사태가 벌어졌다.

 "으하하하! 이 사악한 샤크 놈! 너의 이빨은 몽땅 빠질 것이며, 항문은 막히게 될 것이다. 크흐흐! 너의 두 다리는 콱 부러져 버리리라."

 "그 전에 너부터 좀 맞자."

"허억! 그, 그게 아니고……!"

롤란드는 잠꼬대라며 항변했지만 소용없었다. 그는 샤크에게 한참 동안 맞아야 했다.

그 후로 하루가 다시 지난 후, 비니안과 에마도 결국 걸려들었다. 그렇게 조심한다고 했는데도 자다가 불쑥 튀어나온 잠꼬대는 어쩌지 못했다.

"흥! 죽어랏, 이 사악한 마왕 샤크! 넌 죽어도 싸다."

"오호홋! 샤크! 드디어 너의 최후가 돌아왔구나."

그러나 그녀들이 어찌 알겠는가? 샤크가 크라케를 시켜 꿈을 조종했다는 사실을. 다시 말해 그녀들의 잠꼬대는 그냥 나온 것이 아니라 다 샤크의 농간에 의해서 벌어진 일이었다.

"너희들도 몸이 근질근질한가 보군."

"앗! 자, 잠깐…… 꺄악!"

"설마 우릴 정말 때리…… 아악!"

샤크는 그녀들이 여자라고 봐주지 않았다. 그녀들은 정말로 아프게 맞고 또 맞았다. 몇 번을 기절했는지 모른다.

"제기랄! 연약한 레이디들을 때리다니, 정말 너무하는군."

"으득! 그만두십시오, 샤크 님. 그게 사람이 할 짓입니까?"

문제는 그녀들이 맞기 시작하자 옆에서 지켜보던 롤란드와 찰스가 울컥하더니 샤크에게 강력하게 항의하며 달려들었다는 사실이다. 물론 그 또한 샤크가 의도했던 바였다.

"감히 내게 덤비다니, 매를 버는 건가? 좋아, 오늘 날을 잡도록 하자."

"……!"

샤크의 구타술은 불가사의했다. 하나를 때리나 넷을 때리나 그 속도에 변함이 없었다. 누구 하나 덜 맞고 더 맞는 일 없이 똑같이 같은 속도로 맞았다.

어쨌든 매에는 장사 없다고, 롤란드 등은 정신이 번쩍 들었다. 그 후로 모두들 두 번 다시 끔찍한 구타를 당하지 않기 위해 노력하는 기색이 역력했다.

'조심하자.'

'더 이상 맞을 수 없어.'

그러나 그들이 무슨 수를 써도 샤크는 갖은 트집을 잡아 구타를 일삼았다. 하루도 그냥 넘어간 적이 없을 정도로 거의 매일 누군가는 구타의 대상이 되고 말았다. 그러다 보니 오히려 너무 조용히 하루가 넘어가면 뭔가 불안할 정도였다.

매도 이력이 난 것일까? 그렇게 한 달 가까운 시간이 지나자 롤란드 등은 더 이상 불안에 떨지 않았다. 누군가 맞게 되면 그저 맞는가 보다 할 정도로 상황에 적응이 되어 버렸다. 저쪽에서 오빠가 맞고 있건 여동생이 맞고 있건 그냥 그런가 보다 하는 단계에 이른 것이다.

물론 그렇다고 맞는 것을 두려워하지 않는 것은 아니었다. 모두들 당연히 맞는 것은 무지 싫었고, 지옥 같은 고통을 생각하면 끔찍하기 짝이 없었다.

그러나 별수를 다 쓴다 해도 맞게 되니 차라리 포기하고 있다가 자신의 차례가 오면 버텨 내는 수밖에 도리가 없었다. 그러한 처지가 실로 비참하기도 하고 억울하기도 했지만 말이다.

그러한 와중에 그들의 마음을 풀어 주는 사건들이 간혹 발생했다. 리지드맨들이 떼를 지어 나타나 습격을 가해 왔던 것이다.

현재 붉은 숲의 검사 라우벤에 의해 먼터 왕국을 공격하던 리자드맨들은 대혼란에 빠진 터였다. 라우벤은 리자드맨 부대와 조우하면 그 숫자와 상관없이 닥치는 대로 돌진해 해치워 버렸다.

그로 인해 궤멸된 군단이 한두 개가 아니었는데, 문제는 그 와중에 사방으로 도주해 흩어진 리자드맨 패잔병들이었다. 그들은 적게는 서너 마리, 많게는 수십 마리씩 몰려다니며 여행자들이나 마을을 습격하기 일쑤였다.

특히 남쪽으로 갈수록 그러한 사태는 더욱 심해졌기에 롤란드 등은 거의 이틀에 한 번 꼴로 리자드맨 패잔병들과 조우했다. 그리고 바로 그때가 그들에게는 가장 신 나는 시간이었다. 급증한 마나로 인해 그들의 실력은 날이 갈수록 강해졌기 때문이다.

따라서 롤란드 등은 어디 눈먼 리자드맨 패잔병들이 없나 할 정도로 그들과 마주치기를 학수고대할 정도였다.

어느덧 먼터 왕국의 남부 국경을 지나 몬스터와 이종족들이 살고 있다는 숲으로 들어섰다. 롤란드 등은 이 거대한 숲의 깊숙한 곳 어딘가에 마갑주를 만든 드래곤이 있으리라 막연히 짐작하고 있었다.

그렇게 숲으로 진입한 지 얼마나 지났을까? 돌연 그들의 앞을 일단의 리자드맨들이 가로막았다.

"끄긱! 인간 놈들!"

"끄기긱! 꼼짝 마라!"

대략 수십여 마리나 되는 리자드맨들이 나타났다. 그렇지 않아도 리자드맨들이 나타나길 고대했던 롤란드 등은 반색했다.

"하하하! 저게 누구야?"

"귀여운 녀석들이 나타났군요. 흐흐흐!"

"호훗! 저놈들은 저희끼리 알아서 처리하겠어요, 샤크

님."

 몬스터가 나타났다고 팔짝 뛰며 좋아하다니, 누가 보면 그들의 정신이 어떻게 되었다 생각할 것이다. 그러나 미쳤다는 소리를 듣는다 해도 상관없었다. 그들에게는 지금이야말로 그들이 가진 모든 울분을 풀어 낼 기회였으니까..

 "너희들, 아주 잘 만났다."

 롤란드는 커다란 대검을 번쩍 쳐들고 앞서 달려갔다. 그것은 얼마 전 리자드맨들을 해치우고 빼앗은 무기였다. 크기가 롱 소드의 두 배 이상 되는 대검은 예전의 롤란드였다면 다루기 무척 까다로운 것이었지만, 지금은 마치 장난감처럼 자유자재로 휘두를 수 있었다.

 파팟! 스커컥!

 "꾸억!"

 "끼아악!"

 롤란드가 달려오자 가소롭다는 듯한 표정으로 손도끼를 휘두르던 리자드맨들이 흡사 바람에 갈대 무너지듯 맥없이 쓰러지기 시작했다. 순간 찰스가 조급한 표정으로 달려갔다.

 "앗, 영주님! 혼자서 다 해치우기 없깁니다. 제 몫도 좀 남겨 두셔야죠."

 그는 광기 서린 눈빛으로 커다란 배틀 액스를 젓가락처

럼 휘두르기 시작했다. 그 또한 리자드맨들을 해치우고 습득한 무기였다.

휭! 휭휭휭!

"쿠어억!"

"케엑!"

전설의 검사인 라우벤이 휘두르는 대검은 빗나가듯 스쳐도 한 방이란 말을 어디선가 들어 본 적 있던 찰스였다. 그런데 지금 그의 배틀 액스에 스친 리자드맨들이 그 꼴이었다. 슬쩍슬쩍 스치기만 해도 목이 날아가고 팔다리가 분리되어 널브러져 버렸으니까.

"흥! 너무들 하는군. 앞에서 다 해치워 버리면 우린 구경만 하라는 건가요? 당장 비키지 않으면 각오해요. 무드어으 라느라크……!"

그때 비니안이 코웃음 치며 뭐라 주문을 외웠다.

쒸이이이-

곧바로 전방에 낫 모양의 흑색 바람들이 10여 개 생겨나 리자드맨들을 향해 날아갔다. 어둠의 칼날이라는 공격 마법으로, 그것들은 웬만한 철갑도 잘라 버리는 위력이 있었다.

"이, 이런!"

"크헉! 우리까지 죽일 셈이오?"

롤란드와 찰스가 기겁하며 재빨리 옆으로 몸을 날렸다. 머뭇거리다간 그들 역시 비니안의 공격 마법에 휩쓸려 봉변을 당할 판이었던 것이다.

"호호호! 나의 마법도 받아랏!"

파지지직! 쿠콰콰쾅!

그 뒤를 이어 상공에서 시퍼런 번개들이 무더기로 떨어져 내렸다. 이전과 비할 수 없이 강력해진 에마의 뇌전 마법이었다.

지난 한 달 사이 그녀들은 가히 상급 수준의 전투 마법사라 불려도 손색이 없을 정도로 강해졌다. 마법뿐 아니라 마음까지도.

그렇게 상황은 순식간에 정리되었다. 실력 차가 엄청나다 보니 리자드맨들은 제대로 대항 한 번 못 해 보고 몰살당한 것이다. 롤란드가 만면에 미소를 지으며 외쳤다.

"이제 노획물을 챙기시오."

"예, 영주님."

"호호, 알았어요."

전투가 끝나면 노획물들을 챙기는 것은 당연하다. 그것이 승자의 권리였다. 이미 죽어 버린 사자들에게 더 이상 좋은 물건은 필요 없을 테니까.

"리자드맨 주제에 꽤 좋은 무기를 들고 있었군."

롤란드는 흑색 검신의 대검을 발견했다. 강도가 단단한 것이, 그가 지금 들고 있는 대검보다 쓸 만해 보였다.

"그렇지 않아도 이 검은 날이 무디어져 버리려 했는데 잘됐어."

"축하합니다, 영주님."

"찰스 경도 잘 찾아보면 의외로 좋은 무기를 얻을 수 있을 것이오."

"흐흐흐, 물론입니다."

찰스 역시 이미 몇 자루의 손도끼를 들어 허리 벨트 사이로 꽂아 넣은 터였다. 그사이 비니안과 에마는 리자드맨들의 짐에서 인간들에게 약탈한 보석과 돈을 발견하고 환호성을 질렀다.

"여길 봐요. 꽤 많은 돈이 있네요. 금화가 가득 들어 있는 상자도 있어요."

"정말이야?"

롤란드의 안색도 환해졌다. 과연 그가 가보니 누런 금화가 가득 찬 상자가 보였다. 언뜻 봐도 수천 골드의 가치는 되어 보였다. 그 옆으로는 온갖 색의 찬란한 보석들이 가득 들어 있는 상자도 하나 있었다.

그러나 아쉽게도 그것들은 롤란드 등이 가질 수 없었다. 노획물 중 보석과 금화는 샤크에게 바쳐야 했기 때문이다.

롤란드는 보석이 든 상자를 번쩍 든 채 외쳤다.

"찰스 경, 금화 상자를 들고 따라오시오."

"예, 영주님."

롤란드와 찰스는 금화와 보석 상자를 샤크 앞에 가져다 놓았다.

"받으십시오, 샤크 님. 장애물들을 제거하고 얻은 노획물 중 가장 귀한 것들입니다."

샤크가 입가에 슬며시 미소를 띠며 고개를 끄덕였다.

"수고했다."

"헤헤! 그럼 나머진 저희들이 챙기도록 하겠습니다."

사실 금화나 보석 같은 귀한 노획물은 반드시 자신에게 바치라고 샤크가 말한 적은 없었다. 그깃은 그저 롤란드 등이 알아서 그렇게 하고 있을 뿐이었다. 물론 시키지 않아도 알아서 하도록 하는 분위기가 조성되어 있어 벌어진 일이긴 했지만 말이다.

스윽.

샤크는 망설임 없이 아공간을 열어 그것들을 챙겼다. 아공간의 창고를 만들어 그 안에 필요한 물건들을 보관하는 일쯤은 소마왕인 그에게 별것 아닌 능력이었다.

다시 말해, 누가 가르쳐 주지 않아도 소마왕들은 그 정도쯤은 저절로 할 수 있게 된다. 마치 거미가 거미줄을 만들

듯 자연스러운 것이랄까?

그사이 롤란드 등은 리자드맨들의 짐에서 은화 주머니를 제법 챙겼다.

찰스는 리자드맨들의 작은 수레 위에 10여 자루의 검과 도끼, 그리고 활과 화살 통들을 잔뜩 실었다.

수레는 애그라 불리는 털 많고 덩치 큰 짐승이 끌고 있었는데, 그것은 힘이 세지만 매우 온순해서 다루기가 쉬웠다.

'흐흐, 이제야 짐꾼 신세를 면하게 됐구나.'

명색이 기사임에도 어쩔 수 없이 일행의 짐꾼 노릇을 해야 했던 찰스는 수레와 애그를 얻게 되자 신이 나 있었다.

"그럼 다시 이동하겠습니다, 샤크 님."

"출발해라."

샤크가 고개를 끄덕이자 롤란드가 앞장서서 걸었다. 그 뒤를 찰스와 애그의 수레가 뒤따랐고, 비니안과 에마가 다시 그 뒤를 따랐다.

샤크는 그녀들의 뒷모습을 보며 걸었다. 그저 느긋하게 걷고 있는 듯 보였지만 사실 무극지기의 수련에 열중하고 있었다.

비니안과 에마는 최근 마나가 급증했는데, 그 덕분인지 그녀들의 몸에서 이전보다 더욱 농밀한 매력이 풍겨났다.

그런데 마나가 늘었다고 어째서 더 매력이 증가한 것일

까? 이는 물론 그녀들이 강력한 전투 마법사가 되어 은연 중 풍겨나는 자신감이 시각적으로 표출된 것도 있었다.

그러나 불행히도 소마왕인 샤크에게 그녀들은 더욱 맛있는 먹잇감으로서의 자극이었다. 시각적으로도 멋져짐과 동시에 맛 좋은 마나가 가득 들어 있었으니, 포식 욕구가 더욱 강해진 것이다.

그로 인해 본래라면 그러한 포식 욕구를 억제하느라 무극지기가 크게 늘어났을 것이다. 그러나 정작 그럼에도 불구하고 무극지기의 수련에는 크게 도움이 되지 못했다.

대체 무엇 때문일까?

이는 그동안의 수련을 통해 그만큼 샤크의 절제력이 강해져 버린 탓이었다.

비니안 등에게서 풍겨나는 뇌쇄적인 매력으로 인해 그의 포식 욕구도 강해졌지만 그만큼 절제력도 강해진 터라 만상무극지체가 좀처럼 이 상황을 위기로 느끼지 않는다는 게 문제랄까?

따라서 이전과 달리 샤크는 그녀들의 뒷모습을 한참 동안 바라보고 있어야 했다. 가능한 포식 욕구를 한껏 개방한 채로 말이다. 그러다 보면 어느 순간 도저히 참기 힘들 만큼 강렬한 포식 충동이 일어나고, 바로 그때에야 비로소 무극지기의 흡수량이 늘어나게 되는 것이다.

샤크가 이를 악물어야 할 만큼 극한 고통 속에서 포식 욕구를 참아 내야만 만상무극지체가 그 상황을 위기로 느끼게 된다. 다시 말해, 생명이 위태로울 만큼 강렬한 고통이 있어야 무극지기의 흡수량이 증가하는 것이다.

그런데 꼭 그렇게 고통스럽게 수련을 해야 하는 것일까? 그냥 가만있어도 무극지기는 계속 쌓이는데 말이다. 특히나 그동안 고통을 자초하며 수련을 해온 까닭에 샤크는 이제 전생에서 그가 알고 있던 대부분의 무공을 극성까지 펼칠 수 있는 수준에 이른 터였다.

그러나 결코 만족하지 않았다. 아니, 만족할 수가 없었다. 그가 클라우드 대륙과 같은 평범한 세계에서만 살아간다면 지금의 능력으로도 충분하고 넘치겠지만, 환야의 넓은 세계로 나가게 되면 가공할 능력의 마왕이나 용자들이 수두룩하지 않겠는가.

'그들에 비하면 나는 아직 멀었다. 어찌 여기에 안주할 수 있겠는가? 앞으로도 몸이 부서지도록 수련을 하지 않으면 살아남기 힘들 것이다.'

소마왕으로 태어나 처음 조우했던 로아탄 카렌. 그녀만 해도 결코 만만치 않았다. 당시 그녀의 능력이 실로 상상을 초월함을 샤크는 본능적으로 느꼈던 것이다.

'이제 내가 그녀를 이길 수 있을까?'

솔직히 아직 확신하기 힘들었다. 그만큼 그녀는 강했다. 그러나 환야의 세계에는 그녀보다 강한 존재들도 무수히 많을 것이다.

다시 말해 샤크가 진정으로 경계해야 할 적은 클라우드 대륙의 인간이나 몬스터들이 아닌, 환야의 세계 지배자인 마왕들이었다. 혹은 용자나 정령왕들도 그의 적이 될 수 있었다. 용자들은 그를 보자마자 죽이려 할 테니까.

'어떻게든 더 강해지지 않으면 안 된다.'

강한 상대가 있으면 결투를 통해서, 그것이 아니면 포식욕구를 절제하는 수련을 해서라도.

그런데 현재는 그 두 가지 중 어느 것도 힘들어진 터이니 그것이 문제였다. 한동안 물끄러미 비니안과 에마의 뒷모습을 쳐다보던 샤크는 나직이 한숨을 내쉬었다. 아쉽게도 더 이상 그녀들을 쳐다보는 것으로는 별다른 수련 효과를 기대하기 힘들어 보였다.

'이대로는 안 되겠군. 좀 더 강렬한 자극이 필요해.'

이럴 때 비니안과 에마의 옷차림이 야해진다면 상당한 자극이 되리라. 하지만 그렇다고 그가 그녀들의 옷을 억지로 벗긴다거나 하는 파렴치한 일은 할 수 없었다.

'그런 일은 안 된다. 그것은 나 스스로 인간이기를 포기하고 마왕으로서의 운명에 순응하는 것이나 다름없으니까.

아무리 강해지려는 수련의 일환이라 해도 말이다.'

다시 말해, 아무리 수단 방법을 가리지 않으려 할지라도 협의에 위배되는 일은 좀처럼 하기 힘드니 문제였다. 물론 전생에 비해서는 상당한 타협을 하고 있긴 하지만.

사실 전생의 그였다면 이런 식으로 몰래 여자들을 쳐다보며 수련을 한다는 것 자체도 상상할 수 없는 일이었다. 만일 누군가 그런 일을 벌이고 있다면 그의 손에 응분의 대가를 치르게 되었을 것이다.

'흠! 손 하나 까딱 안 하고 그냥 쳐다만 보는 것뿐인데 그게 뭐 어떠냐?'

다시 말해 그냥 쳐다보는 것 정도는 그다지 문제가 아니라는 식으로 스스로를 합리화시켰다. 다른 마왕들이 이 꼴을 보면 참으로 한심하다 생각할 것이다. 아니, 마왕이 아니라 마족, 심지어 마물이라 해도 어이없어하리라.

그러나 어쩌겠는가? 협의에 있어서는 대범하다 못해 심지어 과격하기까지 하지만, 그 반대로는 한없이 소심해질 수밖에 없는 이가 바로 샤크였다.

'내가 손을 쓰지 않아도 저 거추장스러운 옷이 자연스레 사라지거나 한다면 좋을 텐데 아쉽군.'

샤크는 비니안과 에마의 옷차림이 그가 손을 쓰지 않아도 자연스레 과감해졌으면 했다. 이를테면 이전처럼 리자드맨들이 나타나 옷을 벗겨 가는 식으로 말이다.

사실 그런 상황이 벌어졌을 때 그녀들을 쳐다보는 것 또한 충분히 엉큼스러운 짓이 아닐 수 없지만, 샤크는 그 정도는 괜찮다며 스스로와 타협한 터였다. 그에 대해서는 더 이상 따지고 들거나 깊이 생각하지 않으려 했다.

문제는 이제 그녀들이 웬만한 강적이 나타나지 않고서는 그 꼴을 당할 리 없다는 것. 샤크로 인해 이제 그녀들의 능력은 각각 혼자서 수십여 마리의 리자드맨들을 가볍게 해치울 수 있을 정도였다.

'너무 강하게 만든 것도 문제야. 공연한 일을 벌였나 보군.'

수행원들이 약하면 귀찮은 일이 벌어질 것이란 생각에 벌인 일이었다. 다소 과격하긴 했지만 그로 인해 그들도 강해지게 되었으니 서로가 좋은 일 아니겠는가?

그러나 지금은 그게 왠지 후회스러웠다. 그렇다고 다시 약하게 만들 수는 없는 일. 그것은 협의에 심히 위배되는 일이니 말이다.

그렇게 아쉬움이 가득한 표정으로 걷고 있던 샤크의 두 눈이 일순 커졌다. 전방 먼 곳에서 전혀 뜻밖의 광경이 펼쳐졌기 때문이다.

"끄긱! 멈춰라."

"끄기긱! 큭큭! 거기 멈추지 못하느냐?"

두 명의 여인이 거의 초죽음이 된 상태로 달려오고 있었고, 그 뒤로 수십여 마리의 리자드맨들이 달려오고 있었다.

딱 보니 어떤 상황인지 짐작이 되었다. 누가 봐도 앞의 여인들이 리자드맨들에게 쫓기고 있는 상황이었다. 이런 일이야 새삼스러울 것도 없었지만 샤크가 놀란 까닭은 두 가지였다.

첫째는 여인들로부터 풍기는 분위기가 매우 신비롭다는 것.

'엘프들이로군.'

샤크는 그녀들이 인간이 아닌 엘프임을 한눈에 알아봤다. 고귀한 지혜를 가진 이종족이라는 숲의 엘프들.

그런데 샤크의 두 눈이 휘둥그레진 이유는 단순히 그들이 엘프라는 사실 때문만이 아니었다. 그가 놀란 두 번째 이유는 무척이나 시원스런 그녀들의 옷차림 때문이었다.

Chapter 7
두 엘프 미녀

리자드맨들에게 쫓기는 두 명의 엘프. 그 장면은 흡사 가녀린 사슴 두 마리가 수십여 마리의 늑대들에게 쫓기는 듯 안타까워 보였다.
 "끄긱! 큭큭! 멈추지 못하느냐?"
 "끄기긱! 달아나 봤자 소용없다, 가련한 엘프들이여!"
 "닥쳐! 우리가 잡힐 것 같니?"
 엘프들은 꽤 지친 듯 숨을 헐떡였지만 뛰는 속도는 바람 같았다. 때론 나뭇가지 위로 훌쩍 솟구쳐 오르기도 했고, 바위를 뛰어넘기도 했다. 속도로 치면 리자드맨들에 비할 수 없이 빨랐다.

그러나 리자드맨들은 느긋해 보였다. 그들은 이런 식의 사냥에 경험이 많은지 여러 방향에서 엘프들을 몰았다. 이대로라면 얼마 가지 않아 엘프들은 리자드맨들에게 포위되고 말 것이다.

그렇게 엘프들이 위기에 처해 있는 상황인데도 샤크는 멍하니 그녀들의 모습을 감상하느라 여념이 없었다. 그녀들을 노려보는 샤크의 두 눈이 이글거렸다.

'아주 훌륭한 옷이군.'

전신에서 가려진 부위가 10분의 1 정도밖에 되지 않는 듯했다. 중요하고 은밀한 부위는 아주 잘 가려져 있었지만 그 외에는 완전한 노출 상태.

그러나 결코 속옷은 아니었다. 아니, 오히려 잘 차려입은 정장과 같은 느낌까지 주었다. 그만큼 그 옷은 신비롭도록 하얀 엘프들의 피부와 조화를 이루었다.

더욱 놀라운 일은, 그렇게 위태하게 간신히 가려진 정도의 짧은 천 조각들이 마치 착 달라붙어 있는 듯 엘프들이 달리는 와중에도 중요한 부위를 철저히 가리고 있다는 것이었다.

샤크는 그것이 왠지 아쉽다는 생각이 들었다. 그러나 동시에 그로 인해 더욱 자극을 받았다. 그것은 매우 강한 상상력을 유발했기에 그로 인해 지금껏 느껴 본 적 없던 가공할 포식 욕구를 느끼고 말았다.

'으음!'

샤크의 두 눈에서 붉은 광선 같은 빛이 번쩍였다. 그것은 실로 섬뜩하기 이를 데 없었다. 지상의 그 어떤 맹수나 몬스터들도 감히 흉내 낼 수 없는 무서운 포식자의 눈빛이었다.

움찔.

순간 엘프들을 뒤쫓던 리자드맨들의 움직임이 그대로 정지했다. 샤크와 그들의 거리는 아직 까마득히 떨어져 있는 터라 그들은 샤크의 존재를 감지할 수 없었다. 그러나 불현듯 엄습해 오는 섬뜩한 느낌에 심장이 그대로 멎어 버리는 듯했다.

단순히 그들만이 아니었다. 정작 가장 공포에 질린 이들은 두 엘프였다. 그녀들은 갑자기 엄습해 오는 가공할 살기에 놀라 그대로 혼절해 버리고 말았다. 그 장면을 본 샤크는 재빨리 숨을 몰아쉬며 살기를 수습했다.

'으윽! 하마터면 큰일 날 뻔했군.'

방금 전 샤크는 정말로 돌이킬 수 없는 일을 저지를 뻔했다. 엘프들을 보자 도저히 걷잡을 수 없는 포식 욕구가 일어났기 때문이다. 엘프들의 외모와 옷차림, 다급해 보이는 그녀들의 표정까지, 그야말로 모든 것이 그에게 강렬한 자극으로 다가왔던 것이다.

'제길! 대부분의 마왕들이 엘프들을 먹잇감으로 가장 선호한다고 하더니, 틀린 말이 아니었군.'

어떤 마왕들은 엘프들을 주식으로 꼬박꼬박 챙겨 먹는다고 했는데 왠지 그 이유가 이해되는 샤크였다. 그동안 인간인 비니안과 에마 등을 보며 느꼈던 포식 충동과는 차원을 달리했다.

'으으음! 이건 정말 너무 끔찍한 욕구다.'

오죽하면 협의 따위는 다 때려치우고 그냥 생긴 대로 살자는 생각까지 떠오를 정도였다. 어차피 마왕으로 태어났는데 마왕스럽게 사는 것이 흠이 될 리는 없지 않겠는가?

그러나 샤크는 이내 이를 악물고 그 충동을 참아 냈다. 억지로 그것을 참아 내자 전신이 부서지는 것 같은 고통이 엄습해 왔다. 그것은 그가 스스로 마왕임을 거부하는 것이었기에 그만큼 더한 고통이었다.

츠으!! 츠으으으읏!

순간 무극지기의 흡수량이 급증했다. 샤크의 두 눈이 기쁨으로 번뜩였다. 고통스러웠지만 세상에 이토록 강한 자극이 존재한다는 것에 오히려 희열을 느꼈다.

'후후, 엄청나군. 바로 이걸 원했어.'

샤크에게 고통은 매우 소중하고 신성한 것이었다. 강해

지기 위해선 반드시 필요했다. 고통이 없다면 더 이상 강해질 수 없기에 오히려 절망스러울 것이다.

으지직.

물론 고통은 괴로운 것이지만 말이다.

샤크의 입술이 터져 피가 흘러내렸다.

"로드! 입에서 피가……."

옆에서 지켜보던 크라케가 놀라 말했다. 샤크는 씁쓸히 웃으며 입가의 피를 닦았다.

"너도 엘프들을 보았느냐?"

"크흐! 물론입니다."

크라케가 비릿하게 웃었다. 까마득히 먼 곳이다 보니 아직 롤란드 등의 시야에는 미치지 못했으나 최상급 마물인 크라케의 시력은 인간들에 비할 수 없이 높았다.

그러고 보니 크라케의 입가에도 적지 않은 피가 흘러내리고 있었다. 인상이 잔뜩 일그러져 있는 것을 보니 그 역시 엘프들을 보며 포식의 충동을 느낀 것이 분명했다.

비록 마왕만큼 강렬할 수는 없지만 그 역시 마물이니 맛있어 보이는 먹잇감을 보면 당연히 포식 충동을 느낄 수밖에 없었다.

본래라면 당장 달려들어 끝장을 내버렸겠지만 그에게는 그가 어쩔 수 없는 포식 충동도 억누르게 만드는 미증유의 공포심이 존재했다. 물론 그 공포심은 로드인 샤크로부터 비롯된 것으로, 그의 명령은 그에게 절대적인 것이었다.

즉, 크라케는 마물의 본성을 드러내 인간이나 이종족을 잡아먹거나 그들을 괴롭혔다간 용서하지 않겠다는 경고를 샤크에게 이미 받은 터였다. 포식의 욕구보다 샤크에 대한 공포심이 더욱 강했기에 어렵지 않게 그것을 억제할 수 있었다.

그러나 그와 달리 샤크는 오로지 자신의 의지만으로 모든 것을 눌러야 했기에 더더욱 고통스러울 수밖에 없었다. 그런 그의 모습을 크라케는 간혹 의아한 표정으로 바라보곤 했다.

'어째서 로드는 참고 있는 것인가?'

크라케는 샤크를 이해할 수 없었다. 그가 생각하기에 샤크는 마족임이 분명했다. 상급 마족, 어쩌면 최상급 마족일 수도 있었다. 그만큼 강했으니까. 그런데 보통의 마족과 달리 인간들에게 매우 호의적이었다. 그것은 참으로 기이한 일이었다. 샤크 역시 마족이라면 웬만한 마물보다 몇 배는 더 잔혹하고 공격적인 성향을 가지고 있어야 정상이기 때문이다.

물론 샤크는 매우 잔혹하고 공격적이긴 했다. 크라케가 샤크에게 죽도록 맞으면서 느꼈던 공포는 실로 가공할 만했다. 그때만 생각하면 샤크는 최상급 마족으로서의 면모를 충분히 갖추고 있었다.

그런데 그는 유독 인간들에게 친절했다. 물론 요즘 들어 흉포하게 구타를 하긴 하지만, 그래 봤자 예전에 크라케에게 했던 것에 비하면 아무것도 아니었다. 특히나 크라케는 샤크가 구타를 통해 롤란드 등을 강하게 만들고 있음도 눈치챈 터였다.

'아무래도 로드는 인간들을 매우 중요하게 생각하고 있는 것이 분명하다. 그 이유가 무엇일까?'

그러나 그러한 의문은 잠시일 뿐, 크라케는 더 이상 그에 대해 깊이 생각하지 않았다. 샤크가 어떤 식으로 행동하든 크라케에게는 그것이 오로지 절대적인 것이었기 때문이다. 그는 무조건 샤크가 명령한 대로 따를 것이었다.

"앗, 저길 봐!"

"사악한 리자드맨들이 누군가를 쫓고 있군요."

"저럴 수가! 엘프들이 쓰러져 있어요."

"저 나쁜 놈들! 엘프들을 해치려 했던 게 분명해."

잠시 후, 롤란드 등의 시야에 리자드맨들의 모습이 들어왔다. 리자드맨들은 그때까지 겁에 질려 멈춰 서 있었고, 엘프들은 혼절한 상태였다.

"공격! 리자드맨들을 해치우겠소."

두 엘프 미녀

"엘프들을 구해야 해요!"

그 사실을 모르는 롤란드 등은 생각할 것도 없다는 듯 달려가 리자드맨들을 해치워 버렸다. 이미 패닉 상태로 무력해진 리자드맨들은 제대로 대항도 못하고 몰살당했다.

"뭐지? 이건 너무 싱겁군."

"흐흐! 우릴 보고 겁을 먹은 게 분명합니다."

롤란드와 찰스는 의기양양한 표정을 지으며 엘프들이 쓰러져 있는 곳으로 다가갔다. 그녀들의 눈부신 미모를 가까이에서 보자 그들의 두 눈이 휘둥그레 변했다.

'오! 예쁘다.'

'진정 신비롭고 아름답구나.'

이 숲에 엘프들이 살고 있다는 소문은 예전부터 제법 퍼져 있었다. 그러나 그 소문을 믿고 숲에 들어왔던 이들 중 엘프들을 목격한 이는 거의 없다고 했다. 오히려 리자드맨들과 같은 흉악한 몬스터들만 잔뜩 목격하고 돌아왔을 뿐이었다.

그러다 보니 최근 들어서는 이 숲에 엘프들이 없다는 소문도 돌았다. 누군가 말을 꾸며 내기 좋아하는 사람이 엘프나 드워프와 같은 신비한 이종족들이 이 숲에 살고 있다고 거짓 소문을 퍼뜨렸던 것이란 주장도 꽤 신빙성 있게 받아들여지고 있었다.

그런데 이 숲에 들어오자마자 엘프들을 보게 될 줄이야. 어떻게 엘프인지 아느냐고? 뭐라 말할 수 없지만 그냥 그런 느낌이 왔다.

그녀들은 보통의 인간 남성보다도 키가 크고 늘씬했다. 몸에서는 은은한 숲의 향기가 풍겨났고, 뭔가 성스러우면서도 신비로운 분위기였다.

롤란드와 찰스는 쩍 벌어진 입을 다물지 못했다. 비니안과 에마도 생전 처음 보는 아름다운 엘프들의 모습에 놀랐다.

"와! 엘프가 이렇게 생겼었네."

"저 키 좀 봐. 나보다 머리 하나는 더 크겠어."

비니안과 에마의 두 눈이 호기심으로 반짝였다. 여느 소녀들이 그런 것처럼 그녀들도 어렸을 때부터 숲의 요정이라는 엘프에 대한 환상을 가지고 있었다. 그런데 그저 환상속에서만 존재할 거라 생각했던 엘프들이 실존하고 있을줄이야.

보통은 이렇게 아름다운 외모를 지닌 여자를 보게 되면 질투심이 일어나기 마련이다. 그러나 비니안과 에마는 엘프들로부터 그러한 질투심이 생기지 않았다. 일단 그녀들이 인간이 아닌 요정이라는 것에 경계를 하지 않게 되었고, 무엇보다 자신들의 미모에 자부심을 가지고 있었기 때문이다.

'예쁘긴 하네. 나보다는 못하지만.'

'어디 가서 예쁘다는 소리는 듣겠지만 그래 봤자 나보다는 좀 못한걸.'

물론 그녀들이 뛰어난 미인인 것은 사실이었다. 얼굴도 얼굴이지만 몸매에 있어서도 엘프들에 비해 크게 뒤지지 않았다. 그런 자신감이 엘프들을 보면서도 담담할 수 있게 만드는 요인이 되었으리라.

그런데 아무리 그렇다 해도 엘프들의 미모는 충분히 질투할 만한 것이었다. 그런데도 그 어떤 질투심이나 시기심이 들지 않는다는 것은 무척 특이한 일이리라.

사실 엘프들에게는 비니안 등에게는 없는 신비로움이 존재했다. 그로 인해 인간이 아닌 요정이라는 느낌이 물씬 풍기는 터라 그것이 무척이나 강한 이질감으로 다가왔다.

그렇다면 혹시 그것 때문일까? 이질감 말이다.

확실히 그렇긴 했다. 그러한 이질감은 그녀들의 미모에 놀라 입이 쩍 벌어졌던 롤란드와 찰스 역시 느꼈으니까. 그들이 그녀들에게서 받은 인상은 마치 신비한 모양의 꽃이나 눈부신 경치를 보았을 때의 경이로움과 흡사했다.

다시 말해, 그들은 엘프 미녀들을 보면서도 아름다운 인간 여성들을 보고 한눈에 반하는 것과 같은 감정은 전혀 들지 않았다.

여자도 아닌 남자가! 아름다운 엘프 여성들을 보고도 반하지 않다니. 그것은 매우 기이한 일이었다.

그런데 롤란드 등은 자신들이 그러한 느낌을 받은 이유가 엘프들이 특별한 주술을 펼쳐 두었기 때문임을 알지 못했다.

사실 고대로부터 엘프들은 인간들에게 적지 않은 핍박을 받았다. 특히 그들의 뛰어난 외모는 인간들에게 집착과 탐욕의 대상이 되었다. 귀족들은 엘프들을 성노로 삼기 원했고, 심지어 수집품처럼 잡아다 고가에 거래를 하기도 했다.

그로 인해 고통을 받은 엘프들은 인간들이 자신들을 그 어떤 이성적인 대상으로 보지 못하도록 디퍼런스라는 이름의 특별한 주술을 연구하게 되었다.

주술, 디퍼런스.

이는 태어날 때 한 번 펼쳐 두는 것으로 죽을 때까지 영구적으로 그 효력이 미치며, 그 어떤 방법으로도 이 주술의 효력을 지우지 못한다. 몸 전체에 주술의 힘이 각인되어 버리기 때문이다.

이것은 엘프들의 외모를 바꾸거나, 혹은 어떤 일그러진 환상을 통해 인간들을 속이는 것이 아닌, 엘프들과 인간들의 차이를 아주 극단적으로 부각시키는 주술이었다.

즉, 주술을 통해 인간과 엘프는 모습만 비슷할 뿐 전혀 다른 종족이라는 이질감이 짙게 풍겨나게 된다. 그로 인해 인간들은 엘프들의 미모에 감탄하면서도 반면에 어떤 성욕이나 이성적 끌림도 느끼지 못하게 되는 것이다.

이를테면 아름다운 외모의 말(馬)이나 꽃을 보고 감탄을 할지언정 성욕을 느끼지 못하는 것과 흡사한 것이다. 말이나 꽃이 어찌 질투심의 대상이나 이성적 집착의 대상이 될 수 있겠는가. 따라서 보통의 인간은 결단코 디퍼런스 주술이 펼쳐진 엘프들에게 성적 욕구를 느낄 수 없었다.

물론 그것은 인간뿐 아니라 다른 이종족들에게도 마찬가지였다. 불행히도 엘프들은 인간이 아닌 이종족들에게도 겁탈의 대상이 되었으니까. 다행히 디퍼런스라는 주술이 생겨난 이후로 엘프들은 더 이상 겁탈의 위협에 시달리지 않아도 되었다.

다만, 디퍼런스 마법에는 아주 심각한 부작용이 존재했다. 이질감이 극대화되다 보니 성욕이 아닌 식욕 쪽으로 몇 배 이상 강력한 느낌을 발산하게 된 것이다. 샤크가 주체할 수 없을 만큼 강한 포식 욕구를 느꼈던 것도 이와 관련이 있다 할 수 있었다.

이러한 이유로 인간이나 이종족의 경우는 상관없지만 오크나 리자드맨들과 같은 몬스터들의 경우, 엘프들을 세상에서 가장 맛 좋은 먹잇감으로 여기게 되었다. 특히 리자드맨들의 경우는 태어나서 엘프 고기를 한 번 먹어 보는 것이 일생의 소원이 되어 버릴 정도였다.

그 이후로 수많은 엘프들이 리자드맨들의 먹잇감이 되어 세상에서 사라졌다. 엘프들은 살아남기 위해 리자드맨들이 찾을 수 없도록 은밀한 곳으로 숨어야 했다. 그로 인해 간혹 엘프들을 보고자 이 숲에 찾아왔던 인간 모험가들이 목적을 이루지 못하고 돌아갔던 것이다.

그런데 롤란드 등은 운 좋게도 이 숲에 들어오자마자 엘프들을 보게 되었다. 오래도록 난다 긴다 하는 모험가들도 발견하지 못한 숲의 엘프들을 말이다.

롤란드 등은 바닥에 쓰러져 있는 두 엘프를 물끄러미 쳐다봤다. 지쳐서 기절한 듯 고단해 보이는 그녀들의 피부 도처에 까진 상처들이 적지 않았다.

비니안이 외상 치료에 효능이 있는 약초들을 붙여 주자 그녀들은 이내 깨어났다.

"아."

"당신들은?"

엘프들은 인간들이 자신들을 쳐다보고 있는 모습을 발견하고 깜짝 놀란 표정을 지었다. 비록 엘프들을 잡아먹는 리자드맨만큼은 아니었지만 인간들 역시 엘프들에겐 두려움

두 엘프 미녀 169

의 대상이었던 것이다.

"안심해요. 우린 당신들을 해치지 않아요."

"리자드맨들은 모두 해치웠으니 안심해도 좋습니다."

비니안과 롤란드가 미소를 지으며 말했지만 엘프들은 여전히 경계 어린 표정을 지우지 않았다. 특히나 아까 자신들을 향해 엄습해 왔던 끔찍한 살기를 떠올리자 불안하기 짝이 없었다.

그 순간 멀찍이서 그녀들을 쳐다보고 있는 샤크와 눈이 마주치자 그녀들의 전신에 오한이 일었다. 샤크는 담담히 미소를 짓고 있을 뿐인데도 그녀들은 그의 눈을 똑바로 볼 수 없었다. 상상할 수 없는 두려움이 전신을 휘감아 왔다.

'아…….'

엘프들의 안색이 파랗게 질리는 모습을 본 샤크는 씁쓸함을 금치 못했다. 최대한 포식 욕구를 절제하는데도 그로부터 풍겨나는 섬뜩한 포식자의 위압을 엘프들이 견뎌 내기 힘들어하는 듯했다.

"안심하라, 엘프들이여. 나 또한 그대들을 해치지 않는다."

엘프들이 두려움에 떨며 간신히 물었다.

"당신은 대체 누구인가요?"

"나에 대해서는 차차 알게 될 것이다. 확실한 건 이제 나의 허락 없이는 그 누구도 그대들을 해치지 못한다는 것이지."

순간 엘프들의 눈빛이 살짝 흔들렸다. 그녀들은 샤크가 무척 두려우면서도 그의 말에 왠지 믿음이 가는 것이 신기했다.

엘프들이 이내 고개를 끄덕였다.

"저의 이름은 파멜라. 당신은 거짓말을 하는 분이 아니군요."

"우릴 해치지 않는다는 그 말을 믿도록 하죠. 저는 타티아나라고 해요."

엘프들의 인사에 어깨를 으쓱해 보인 샤크는 여전히 오들오들 떨고 있는 파멜라와 타티아나를 향해 부드러운 미소를 지어 보였다.

"날 믿는다면서 계속 떨고 있구나."

"떨고 싶지 않지만 여전히 당신이 두려워요. 숨이 막힐 정도로요. 하지만 당신이 우릴 해치지 않을 것이라 믿기에 참고 있을 뿐이죠."

"음."

하긴, 그럴 수밖에 없으리라. 샤크는 지금 이 순간 그녀들을 보면서도 엄청나게 끓어오르는 포식 욕구를 절제하는 중이었다. 겉으로는 태연한 척 내색을 하지 않을 뿐, 그의 마음속은 생사의 사투를 하듯 심각한 상황이었다.

그러다 보니 인간들에 비해 위기 감각이 몇 배 이상 뛰어난 엘프들은 본능적으로 위험을 느꼈다. 샤크가 아무리 그녀들을 안심시켜도, 그는 그녀들에게 매우 무섭고 두려운 존재일 수밖에 없었다. 샤크는 씁쓸히 웃었다.

"이제 무엇 때문에 리자드맨들에게 쫓기게 되었는지 말해 보아라."

엘프들은 문득 침울한 표정을 짓더니 눈물을 글썽였다. 샤크로부터 풍겨나는 섬뜩한 기세에 눌려 잠시 잊고 있었는데, 그의 질문을 받자 비로소 자신들의 처지를 자각했기 때문이다.

곧바로 파멜라가 울먹이며 입을 열었다.

"얼마 전 리자드맨들이 저희 마을을 습격했어요. 저희 마을은 특별한 주술의 결계로 보호되어 오래도록 외부에 드러나지 않았는데, 리자드맨 각성자로 인해 결계가 파괴되고 말았죠."

"각성자라 했나?"

"네. 그는 마력이 깃든 갑주를 입고 있었죠. 그의 힘이 너무 강해 그 누구도 당해 낼 수 없었어요."

마력이 깃든 갑주라는 말에 샤크의 두 눈이 번쩍였다. 그러고 보니 마갑 전사가 엘프 마을의 결계를 파괴하고 공격을 가했던 것이 틀림없었다.

파멜라에 이어 타티아나도 훌쩍이며 말했다.

"흑! 리자드맨들은 닥치는 대로 사냥을 시작했어요. 아마 지금쯤 모두가 죽었을 거예요."

샤크는 고개를 끄덕였다.

"당장 너희 마을로 안내해라."

"그게 무슨 뜻이죠?"

샤크가 살짝 인상을 찌푸렸다.

"내 말을 이해 못하는 건가? 너희 마을이 있는 곳으로 가자는 뜻이다."

그 말에 그녀들의 두 눈이 커졌다. 리자드맨들이 득실거리는 그곳으로 돌아가자니, 이게 무슨 말인가? 정말 죽으려고 작정을 한 것이라면 모를까, 그곳으로 가는 것은 미친 짓이었다.

'절대 안 돼요.'

'그곳에 가면 죽는다고요.'

그러나 파멜라 등은 그렇게 말하지 못했다. 샤크의 차가워진 표정을 보고 있자니 왠지 그의 말을 듣지 않으면 크게 후회할 것 같은 불안감이 엄습해 왔기 때문이다. 기이하게도 그러한 불안감은 리자드맨 각성자에게서 받았던 공포심에 비할 수 없이 강력했다.

"알았어요."

"당신의 뜻에 따르도록 하죠."

파멜라와 타티아나는 이내 고개를 끄덕이며 대답했다. 왠지 그렇게 말해야 할 것 같았고, 말하고 나니 뭔가 마음이 안심되었다. 그녀들이 어찌 알겠는가? 그것이 바로 샤크의 가공할 용하술로 인한 것임을. 그는 상황과 분위기를 고려해 자신의 의지를 남들에게 관철시키는 데 도가 튼 이였으니까.

급할수록 쓸데없는 말을 줄여야 한다. 한시가 급한 상황인데 일일이 상황을 설명하고 또 설득해야 하는 것은 그야말로 시간 낭비니까.

한편, 옆에서 그들의 대화를 듣고 있던 롤란드 등은 엘프들이 흔쾌히 샤크의 요청을 받아들이자 속으로 안도했다. 불쌍한 엘프들이 샤크에게 맞는 장면을 보고 싶진 않았기 때문이다.

'휴우! 엘프들이 눈치가 빨라 다행이로군.'

'만일 가지 않겠다고 했으면 분명 맞았을 거야.'

그러나 그들의 예상과 달리 샤크는 엘프들을 때릴 생각이 없었다. 그가 아무리 무자비한 성격이라 해도 리자드맨들에 의해 최악의 처지에 놓인 가녀린 엘프들을 구타할 만큼 망종은 아닌 것이다. 그저 쓸데없는 말을 줄이기 위해 짐짓 살벌한 기세를 풍겼을 뿐이었다.

물론 롤란드 등과 같은 이유로 엘프들의 마나를 급증시켜 주기 위한 구타술을 펼칠 수도 있겠지만, 지금은 그런 짓을 하고 있을 만큼 한가한 상황이 아니었다.

그때 파멜라와 타티아나가 힘겹게 일어나더니 숨을 헐떡이며 말했다.

"그럼 잠시만 시간을 줄 수 있나요? 우린 너무 지쳐 있어서 체력을 회복할 시간이 필요해요. 아주 잠시면 돼요."

"허락한다."

샤크가 고개를 끄덕이자 그녀들은 각각 근처의 나무가 있는 곳으로 이동해 나무 기둥에 손바닥을 댔다. 그리고 그 즉시 눈을 감고 뭐라고 주문을 외우자 나무로부터 녹색 빛이 일어나더니 그녀들의 몸을 감쌌다.

화아악!

찬란한 녹색 빛은 일어났다 싶은 순간 사라졌고, 파멜라 등은 번쩍 눈을 떴다. 놀랍게도 조금 전까지만 해도 잔뜩 지쳐 있었던 그녀들의 표정이 눈에 띄게 안정되어 있었다. 숲의 요정족답게 나무로부터 힘을 받아 체력을 회복한 모양이었다.

"우릴 따라오세요."

파멜라와 타티아나는 자신들이 왔던 길을 되돌아가기 시

작했다. 엘프들의 마을은 상당히 멀리 떨어져 있었다. 그녀들이 도착했을 때 리자드맨들은 모두 떠났는지 보이지 않았고, 엘프들의 시체만 마을 도처에 널브러져 있었다. 참혹한 광경이었다.

"아!"

"이럴 수가!"

단순히 폐허로만 변한 것이 아니었다. 시뻘건 피들이 강을 이룬 채 흐르고 있는 모습은 끔찍하기 짝이 없었다. 수많은 엘프들의 시체 중 단 하나도 성한 것이 없을 정도였다. 목이 사라졌거나 몸통이 통째로 사라진 것들, 혹은 팔다리가 사라진 채 무참히 씹혀 있는 등, 도무지 눈 뜨고 보기 힘들 만큼 참담한 광경이 펼쳐져 있었다.

전멸이었다. 단 한 명의 생존자도 없었다. 그것은 이미 그녀들이 예상했던 바였지만 그래도 직접 두 눈으로 그 광경을 목격한 충격은 이루 말할 수가 없었다. 그녀들은 그대로 혼절해 버렸다.

"으득! 이 사악한 리자드맨 놈들! 가만두지 않겠다."

"도저히 용서할 수 없어. 모조리 죽여 버릴 거야."

롤란드와 비니안 등의 얼굴이 분노에 휩싸였다. 하지만 그들과 달리 샤크는 담담한 표정으로 나직하게 말했다.

"크라케, 마을을 깨끗이 정리해라. 죽은 엘프들의 무덤을 만들어 주도록. 기왕이면 정원으로 꾸미는 게 좋겠군."

"예, 로드."

크라케는 무심한 표정으로 허리를 숙였다. 마물인 그로서는 이 상황에 별다른 분노가 일어날 이유가 없기 때문이다. 오히려 그에게는 모처럼 구경하는 흥미로운 광경이라 할 수 있었다.

그러나 그는 로드의 명령에 충실했다. 마을을 엘프들의 무덤으로, 기왕이면 정원으로 아름답게 꾸미라 했으니 그대로 해야 하리라.

Chapter 8

공포의 회복 마법

쿠쿠쿠쿠! 쩌저저적-

갑자기 지진이라도 일어난 듯 땅이 갈라졌다. 그러더니 그 갈라진 틈으로 수많은 엘프들의 시체와 마을의 잔해가 통째로 가라앉아 버렸다.

쿠쿠쿠쿠- 콰앙!

벌어진 땅이 다시 붙었다. 그러자 멀찍이 있던 숲의 나무와 풀들이 우수수 뽑혀 날아와 황량한 땅의 도처에 질서 정연하게 박혔다. 그로 인해 엘프들의 마을이 있던 곳은 마치 잘 정리된 정원을 보는 듯 아름다운 공간으로 변해 버렸다.

'대단하군.'

'저럴 수가!'

롤란드 등의 입이 쩍 벌어졌다. 물론 그들도 크라케가 결코 평범한 능력을 지닌 자가 아니라는 것쯤은 짐작하고 있었지만 폐허가 된 마을을 아름다운 정원으로 바꿔 버릴 정도로 경이적인 능력을 가지고 있을 줄은 상상도 못했다.

한편, 땅이 갈라졌다 다시 붙고, 나무들이 통째로 뽑혔다가 다시 심어지는 등 대혼돈의 상황이 펼쳐지자 혼절했던 파멜라와 타티아나도 깨어났다. 그녀들은 엘프 마을이 아름다운 정원으로 바뀌어 있는 것을 보고 깜짝 놀랐다.

태어나서 자라 왔던 마을이 온데간데없이 사라지고 낯선 정원이 자리 잡고 있을 줄이야. 끔찍한 폐허 상태로 두는 것보다야 낫지만, 한편으로 슬픈 것은 어쩔 수 없었다.

쿠아아아아!

그런데 그녀들이 미처 슬픈 감정을 추스를 여유도 없이 멀리서 요란한 소리가 들려왔다. 숲이 들썩이는 듯 시끄러운 함성들! 그것은 리자드맨들이 내는 소리였다.

샤크가 롤란드를 향해 말했다.

"방금 전 소란을 듣고 장애물들이 오고 있으니 너희들이 알아서 치우도록 해라."

"알겠습니다."

롤란드는 즉시 고개를 숙이며 대답했다. 알아서 장애물

을 치우라는 말은 샤크가 전투에 참여하지 않겠다는 것을 의미했다. 리자드맨들의 병력이 얼마나 될지 모르지만 롤란드 등이 모조리 해치워야 하는 상황인 것이다. 그는 비장한 눈빛으로 비니안과 에마, 찰스를 쳐다보며 외쳤다.

"엘프들의 복수를 위하여!"

"엘프들의 복수를 위하여!"

비니안 등도 숙연한 표정으로 그 말을 따라 했다.

불과 한 달여 전까지만 해도 이런 상황이 도래했으면 무척이나 불안했을 것이다. 그러나 지금은 불안감 따윈 없었다. 오히려 자신들에게 리자드맨들을 해치울 기회를 준 샤크에게 고마움을 느낄 뿐.

그 이유는 그들이 그만큼 강해졌기 때문이다. 각각의 능력이 리자드맨 수십여 마리를 가볍게 해치울 정도가 되고 나니 마음속에서 두려움이 사라져 버렸다.

"각오들 단단히 하시오. 단 한 놈도 살려 줄 필요가 없소."

"흐흐! 물론입니다."

"오호홋! 걱정 말아요. 모조리 없애 버릴 테니까."

그렇게 롤란드 등의 눈빛이 이글거리자 파멜라와 타티아나는 왠지 가슴이 뛰었다. 곧바로 그녀들 역시 벌떡 일어나 달려왔다.

"우리도 전투에 참여하겠어요."

"엘프들의 복수를 위한 전투에 우리 엘프들이 빠진다는 건 있을 수 없는 일이죠."

롤란드는 흔쾌히 고개를 끄덕였다.

"싸울 수 있다면 얼마든지 환영입니다. 저기 수레 위에 무기가 있으니 필요하면 사용하십시오."

그 말에 수레 위를 쳐다본 파멜라 등의 두 눈에 이채가 어렸다.

"마침 우리에게 필요한 무기가 있군요. 저 활을 사용해도 될까요?"

롤란드는 씩 웃었다.

"물론이지요. 엘프들이 궁술에 능하다 들었는데 기대하겠습니다."

"기대에 어긋나지 않도록 최선을 다하겠어요."

파멜라와 타티아나는 각각 활 한 자루와 화살 통들을 잔뜩 챙겨 들었다. 입술을 꽉 깨문 그녀들의 두 눈이 차갑게 번뜩였다.

"끄긱! 아직 살아남은 엘프들이 있었더냐?"

"끄끅끅! 인간들이 이곳에 오다니!"

바로 그때, 멀리 수풀이 갈라지며 리자드맨들이 모습을 드러냈다. 언뜻 봐도 수백 마리는 되어 보이는 리자드맨들은 샤크의 예상대로 이곳에서 갑자기 땅이 갈라졌다 붙는 등 큰 난리가 벌어지자 무슨 일인가 싶어 돌아온 것이었다.

그들은 살아 있는 싱싱한 엘프 둘과 인간 넷을 발견하고 군침을 꿀꺽 삼켰다. 샤크와 크라케는 이미 이들의 시야에서 사라져 버린 터라 그들이 발견한 인간은 롤란드, 에마, 비니안, 찰스뿐이었다.

"끄기긱! 누가 가서 저 건방진 인간들을 죽이고 싱싱한 엘프들을 잡아 오겠느냐?"

"끄긱! 제게 맡겨 주십시오."

"끄기긱! 끄긱! 제가 가겠습니다."

리자드맨 천부장 스켈이 외치자 리자드맨 병사들이 군침을 삼키며 서로 나섰다. 스켈은 그들 중 열을 선발해 내보냈다.

"끄긱! 큭큭! 가라! 엘프들을 잡아 와라."

"끄기긱! 맡겨 주십시오."

리자드맨 병사들은 의기양양한 표정으로 달려갔다. 그러다 롤란드 등과 거리가 단축되자 그중 넷이 단창을 집어 던졌다.

휙! 쒸익!

네 개의 단창은 롤란드 등을 노리고 정확하게 날아들었고, 리자드맨들은 인간들이 단숨에 쓰러질 것을 믿어 의심치 않았다.

 그러나 그들의 확신과 달리 앞쪽의 두 인간들은 아주 가볍게 단창을 피해 버렸다. 또한 뒤의 두 인간들도 몸에 마법의 방어벽을 형성시켜 단창을 튕겨 버렸다.

 이에 놀란 리자드맨들이 다시 단창을 집어 던졌지만 그 또한 다를 바 없었다.

 "크하하하! 그따위 단순한 공격으로 우릴 상대할 수 있다 생각하느냐?"

 그사이 앞서 달려온 롤란드의 대검에 리자드맨 병사들의 목이 잘려 바닥으로 굴렀다. 이어서 찰스의 배틀 액스까지 춤을 추기 시작하자 선봉으로 나왔던 리자드맨 병사들은 모두 무력하게 쓰러지고 말았다.

 "끄긱! 모두 돌진해라. 인간 놈들을 쓸어버린다!"

 선발하여 보냈던 병사들이 전멸하는 광경을 본 스켈은 분노하여 총공격의 명령을 내렸다. 순간 수백여 마리의 리자드맨 병사들이 일제히 돌진했다.

 "끄기긱! 돌격!"

 "끄긱! 쿠와아아아!"

 무려 수십 배도 넘는 숫자의 몬스터들이 시커멓게 달려오는 것을 본다면 두려워할 법도 하건만, 롤란드 등은 코웃음 칠 뿐이었다. 그동안 강해진 이유도 있지만 샤크에게 수

시로 구타를 당하다 보니 어지간한 상황에는 눈 하나 깜짝하지 않을 만큼 담력이 세진 덕도 있었다.

"저놈들이 숫자만 많다고 우세한 줄 아는군."

"흐흐흐! 모처럼 제대로 몸을 풀어 보겠군요."

롤란드와 찰스는 오히려 신이 난 표정이었다. 비니안과 에마도 마찬가지였다. 그녀들은 떼로 몰려오는 리자드맨들을 향해 마음껏 광역 공격 마법을 난사했다.

화르르! 콰르르릉!

파직! 파지지직!

시뻘건 화염구와 뇌전이 작렬하자 리자드맨들은 기겁하며 나뒹굴었다. 그런 그들의 목을 파멜라와 타티아나가 날린 화살들이 꿰뚫었다.

슈슉- 파팍!

궁술에 능한 엘프답게 그녀들이 쏜 화살은 하나도 빗나가지 않고 리자드맨들에게 적중했다.

"꾸어어억!"

"케에엑!"

그로 인해 수백여 마리의 리자드맨 병사들 중 선두에 있던 1백여 마리가 순식간에 쓰러져 버리는 거짓말과 같은 광경이 펼쳐졌다.

"끄긱! 이런 말도 안 되는!"

사태가 심상치 않자 천부장 스켈의 안색에 당황스러운 기색이 스쳤다. 이대로 가다간 전멸을 당할 수도 있다는 생각에 황급히 철수 명령을 내리려던 그는 자신의 뒤쪽에 나타난 일단의 무리를 보고 반색했다.

"끄긱! 만부장님!"

다름 아닌 그의 직속상관인 만부장 로티스였다. 그는 사브라족의 각성자 중 하나로, 전설의 마갑을 다룰 수 있는 전사였다.

그런 로티스가 나타났으니 굳어졌던 스켈의 안색이 즉시 환해진 것은 당연한 일이었다.

로티스는 차갑게 웃으며 말했다.

"끄긱! 한심한 놈 같으니. 고작 저따위 인간들 몇 놈을 어쩌지 못하고 있었느냐?"

"끄기긱! 마법사들도 있어서 상대하기가 쉽지 않았습니다."

로티스가 코웃음 쳤다.

"끄긱! 입 닥치고 네놈이 직접 나가서 싸워 봐라. 천부장이라는 놈이 부하들에게 전투를 맡기고 뒤에서 두려워 떨고 있다는 건가?"

"끄기긱! 제가 어찌 인간 놈들 따위를 두려워하겠습니까?"

스켈은 양손에 검을 한 자루씩 쥐고는 달려 나갔다. 그 뒤로 로티스의 부하들이 척척 진군하기 시작했다.

그것을 본 롤란드의 표정이 굳어졌다.

'리자드맨들이 수천 마리도 넘어 보이는구나. 이대로라면 쉽지 않겠는걸.'

라우벤 정도쯤 되는 압도적인 실력을 가졌다면 모를까, 자신들만의 힘으로는 수천이나 되는 리자드맨 부대와 싸워 이기기가 쉽지 않음을 알고 있는 롤란드였다. 특히나 적장으로 보이는 리자드맨으로부터 가공할 기세가 뿜어져 나오는 것을 확인한 그는 가슴이 무거워지는 것을 느꼈다.

물론 샤크가 손을 쓰면 아무런 걱정도 할 필요가 없을 것이다. 그러나 롤란드가 아는 샤크는 그런 식의 친절을 베풀어 줄 위인이 아니었다. 심지어 롤란드 등이 모두 죽어 나가도 눈 하나 깜짝하지 않을 수도 있었다.

촤악!

"으으윽!"

그때 롤란드의 두 눈에 찰스가 옆구리에서 피를 뿌리며 비틀거리는 장면이 들어왔다. 양손에 검을 하나씩 쥐고 있는 쌍검의 리자드맨 전사와 치열한 격전을 벌이다 결국 밀린 것이다.

"찰스 경! 괜찮소?"

"겨, 견딜 만하니 염려 마십시오."

옆구리가 갈라져 피가 철철 흘러나왔지만 찰스는 걱정 말라며 미소를 지었다.

"놈은 내가 해치울 테니 뒤로 물러나시오."

롤란드는 즉시 달려가 리자드맨 쌍검 전사와 맞붙었다. 그 쌍검 전사는 물론 천부장 스켈이었다. 그는 롤란드가 대검을 휘두르며 돌진해 오자 가소롭다는 듯 웃었다.

"끄긱! 인간, 덤벼 봐라."

차앙! 차카캉!

곧바로 롤란드와 스켈의 격돌이 이어졌다. 롤란드의 대검은 빨랐지만 스켈의 쌍검은 더욱 빨랐다. 그는 롤란드의 대검을 가볍게 받아 냈을 뿐 아니라 무섭도록 빠르게 반격을 가했다. 롤란드는 정신없이 날아드는 쌍검을 막아 내느라 혼신의 힘을 다해야 했다.

카앙! 카가가강! 차앙!

"끄긱! 인간, 느리다. 그따위 실력으로 나를 상대할 수 있을 것 같으냐?"

"제길! 뭐라 떠드는 건가?"

말을 알아들을 수는 없지만 표정만 봐도 놈이 무슨 말을 하는지 충분히 짐작이 가능했다. 롤란드는 스켈이 자신을 조롱하고 있음을 확신했다. 그러나 분노하기보다 침착하게 대검을 휘둘러 놈의 빈틈을 찾았다.

쾅!

"우윽!"

일순 스켈의 쌍검 중 하나가 그의 옆구리를 강타했다. 플레이트 아머를 장착한 상태라 검에 베이는 것은 면했지만 아머가 일그러질 정도로 강한 충격이 엄습해 왔다.

'바로 지금이다!'

정신이 아득한 상태에서도 롤란드는 반격을 가했다. 허리를 푹 숙임과 동시에 스켈의 오른 다리를 잘라 버린 것이다.

스컥!

"꾸억!"

스켈의 몸이 움찔 떨리며 기울어지는 순간, 연이어 번쩍 날아든 롤란드의 대검이 스켈의 목을 가르고 지나갔다.

스걱!

그것이 끝이었다. 목이 잘린 스켈의 몸은 무력하게 널브러졌다.

'이, 이겼다.'

혼신의 힘을 다한 승부에서 승리하자 이루 말할 수 없는 기쁨이 밀려왔다. 롤란드는 지금 이 순간 죽어도 여한이 없을 듯했다. 전방에 수천 마리도 넘는 리자드맨들이 몰려오고 있는 상황이었지만 그는 용맹한 눈빛을 번뜩이며 외쳤다.

"크하하하! 얼마든지 덤벼라. 모조리 죽여 줄 테니까."

그의 눈빛에는 광기마저 서려 있었다. 그 기세에 눌린 것일까? 리자드맨 병사들은 섣불리 다가오지 못했다. 적어도 지금 이 순간, 롤란드는 기세만으로 수천 마리의 리자드맨들을 압도한 터였다.

그런 그의 모습을 뒤쪽에서 지켜보고 있던 에마와 비니안의 표정에 감탄이 어렸다.

"호호! 대단해. 우리 오빠가 정말 멋져졌어."

"맞아. 확실히 많이 달라졌어. 이제 정말 영주다운 모습이 보이네."

물론 그녀들 역시 이전과 비할 수 없이 달라졌다. 그녀들은 더 이상 철부지 응석받이 여린 소녀들이 아니었다. 웬만한 상황에는 눈 하나 깜짝하지 않는 강인한 전투 마법사들이 되었으니까.

그러나 그녀들이 보기엔 롤란드의 변화가 가장 눈부셨다. 소심하고 유약한 그의 성격은 좀처럼 바뀌기 힘들 것이라 예상했었기 때문이다.

놀랍게도 지금 롤란드의 모습 어디에서도 소심하거나 유약함은 찾아볼 수 없었다. 그는 강인했다. 죽음을 두려워하지 않을 만큼 대범했다. 일행의 가장 앞쪽에 버티고 선 채 수천 마리의 리자드맨들과 당당하게 대치하고 있었던 것이다.

스켈에게 부상을 당해 주저앉아 있던 찰스 역시 자신의 주군이자 영주인 롤란드가 달라진 모습에 감개무량한 표정을 지었다.

'멋집니다, 영주님. 당신으로 인해 오마다 영지는 더욱 발전할 것입니다.'

찰스는 배틀 액스를 지팡이 삼아 비틀거리며 일어났다. 순간 옆구리의 상처가 더욱 갈라지며 시뻘건 피가 쏟아져 나왔다. 그 모습을 본 비니안은 반사적으로 주문을 외웠다.

"아고니 힐!"

곧바로 흑색의 빛줄기가 그물처럼 뻗어 나가 찰스의 몸을 휘감았다. 그것들은 곧바로 찰스의 옆구리 상처 부위로 모여들었고, 빠르게 상처를 치료하기 시작했다.

흑마법이지만 실로 놀라운 치료 능력이었다. 물론 그것에는 엄청난 부작용이 존재했다. 찰스는 전신이 찢어지는 듯한 고통에 두 눈을 부릅뜨고 말았다.

"꾸으으! 이, 이게 어찌 된……."

"호호! 조금만 참아요. 좀 아프긴 하지만 회복력 하나는 끝내주거든요. 아고니 힐!"

비니안은 한 번 더 마법을 펼쳤다.

"쿠아아아악!"

찰스는 다시금 작렬하는 가공할 고통에 몸을 부르르 떨었다. 누가 보면 회복 마법이 아닌 저주 마법을 펼쳤다 생각할 정도였다.

'크으! 여, 염병할! 무슨 회복 마법이 고문을 하듯 고통스러운 건가?'

그는 비니안이 또다시 주문을 외우려는 기색을 보이자 황급히 외쳤다.

"자, 잠깐!"

"아고니 힐!"

"쿠아아아악!"

돼지 멱따는 듯한 비명이 울려 퍼졌다. 그 끔찍한 절규의 소리에 리자드맨들도 무슨 일인가 싶어 놀랄 정도였다. 덕분에 찰스의 부상은 완치되었지만 그는 인상을 구긴 채 비니안을 잡아먹을 듯 노려봤다.

"빌어먹을! 부탁이니 이제 그 마법은 그만 펼치십쇼."

"호호! 알았어요."

비니안은 어색하게 웃었다. 보통 회복 마법을 펼쳐 주면 고맙다는 말을 들어야 정상이련만, 아고니 힐은 예외였다.

'쳇! 치료해 주고도 욕을 먹어야 하다니. 다음부턴 치료

해 주나 봐.'

 하긴, 그녀의 부친인 라우벤 역시 두 번 다시 아고니 힐을 펼치지 말라고 경고했었다. 회복력은 나쁘지 않지만 부작용이 너무 크기 때문이었다.

 '역시 아고니 힐은 버려야 할 쓸모없는 마법인 걸까?'

 애써 익혀 둔 주문을 버리는 건 무척 아까운 일이었다. 특히나 아고니 힐은 마나 소모량이 극히 적기 때문에 지금처럼 마나가 급증한 상태에서는 거의 제한 없이 펼칠 수 있다는 장점도 있는데 말이다.

 본래 회복 마법은 마나 소모량이 엄청나다. 상처를 치료하며 생명력을 회복시켜야 하는 만큼 웬만한 공격 마법을 펼치는 데 필요한 마나보다 훨씬 많은 양이 필요한 것이 당연했다.

 그런데 아고니 힐은 예외였다. 그것은 애초부터 상대에게 고통을 가할 목적으로 만들어진 것으로, 시전자의 마나를 소모하기보다 대상자의 잠재력을 격발시켜 자체 치유 능력을 극대화시키는 것이기 때문이다. 따라서 아주 미량의 마나로 주문만 외우면 되는 일이었다.

 '이 좋은 마법을 버리는 건 너무 아까워.'

 그러다 문득, 비니안은 한 가지 기발한 발상이 떠올랐다. 만일 적들에게 이 마법을 펼친다면?

'맞아. 내가 왜 그 생각을 못 했을까?'

명색이 회복 마법이다 보니 회복 용도로만 생각했다. 그러나 따지고 보면 아고니 힐처럼 유용한 저주 마법도 없었다. 적들이 아고니 힐이 주는 고통에 몸부림치게 되면 상대하기가 무척 쉽지 않겠는가.

'좋았어! 바로 그거야.'

생각은 길었지만 행동은 빨랐다. 그 사이 리자드맨들은 거의 지척까지 접근해 온 터였다. 롤란드와 찰스는 각자 무기를 움켜쥔 채 그것들을 노려보고 있었고, 리자드맨들은 가소롭다는 듯 키득거리며 달려왔다.

"끄긱! 건방진 인간들!"

"끄기긱! 고작 두 놈이서 뭘 어쩌겠다는 거냐?"

그런데 그렇게 기세등등하게 달려오던 리자드맨들의 선봉에서 갑자기 혼란이 일어났다.

"꾸으으윽! 이, 이게 뭐냐?"

"끄긱! 케에엑!"

리자드맨 병사들이 앞에서부터 차례로 난리를 치기 시작했다. 그들은 갑자기 비명을 지르며 비틀거렸고, 심지어 몸부림을 치며 이리저리 굴러 대기도 했다.

그때까지 잔뜩 긴장하고 있던 롤란드와 찰스는 그 모습에 일순 멍해졌다.

"저게 어떻게 된 일이지?"

"흐흐! 그러고 보니 비니안 님이 그 빌어먹을 마법을 펼친 것이 분명하군요. 이럴 때가 아닙니다. 어서 놈들을 해치우도록 하죠."

찰스가 돌연 환호성을 지르며 달려 나가 배틀 액스를 휘두르기 시작했다. 그는 한눈에 리자드맨들이 비니안의 괴상한 회복 마법에 당했음을 알아본 것이다. 방금 전 그가 직접 그 끔찍한 고통을 당해 봤으니 어찌 모르겠는가.

'흐! 정말 기막힌 방법이로군.'

비니안의 회복 마법에 당하면 정신이 아득해지고 세상이 살기 싫어질 만큼 극렬한 고통이 엄습하게 된다. 찰스도 죽고 싶을 정도였으니까. 최근 들어 샤크의 무자비한 구타에 의해 고통에 어느 정도 익숙해지지 않았다면 그 역시 저 앞의 리자드맨들처럼 바닥을 구르며 비명을 질러 댔을 것이 분명했다. 따라서 바로 이때 공격을 가하면 무력하게 당할 수밖에 없었다. 찰스는 배틀 액스를 사정없이 휘둘러 리자드맨들의 머리를 박살 내버렸다.

쒸잉! 쒸잉!

콰작!

"꾸어억!"

"키아아악!"

공포의 회복 마법 197

단번에 죽여 버리지 않으면 아고니 힐의 가공할 회복 능력에 의해 상처가 치료되어 버리는 문제가 생기게 된다. 따라서 목을 분리시켜 버리는 것이 가장 최상이었다.

스컥! 스커커컥!

롤란드 역시 신 나게 대검을 휘둘렀다. 그의 대검이 번쩍일 때마다 리자드맨들의 목이 떨어져 나갔다.

특이하게도 목이 잘려 나간 리자드맨들의 몸통에선 피가 거의 흘러나오지 않았다. 이는 물론 아고니 힐의 가공할 복원 능력 때문이었다. 잘려 나간 목 부위가 금세 치료되어 버린 탓이었다.

그러다 보니 몸통이 여전히 살아서 팔팔 날뛰고 잘린 머리도 비명을 질러 대며 한동안 살아 있는 끔찍한 상황이 벌어지고 말았다. 심지어 파멜라와 타티니아가 날린 화살을 맞고도 죽지 않고 비명만 질러 대는 진풍경도 펼쳐졌다.

"끄긱! 저게 뭐냐?"

"끄기긱! 조심해라. 저주 마법이다."

그러한 장면에 리자드맨들도 기겁했고, 그사이를 틈타 롤란드와 찰스는 부지런히 대검과 배틀 액스를 휘둘렀다.

그렇게 절대적으로 약세였던 전세가 비니안으로 인해 순식간에 역전되는 듯싶었다. 그러자 뒤쪽에서 전황을 지켜보던 리자드맨 만부장 로티스가 커다란 포효를 날렸다.

"끄기기이익! 위대한 사브라족의 용사들이여! 하찮은 잡술 따위에 두려워 떨 것 없다."

그 말과 함께 로티스는 상공을 향해 단창을 휙 집어 던졌다. 상공 높이 날아오른 단창은 돌연 오러의 푸른 광채를 번뜩이며 아래로 쇄도했다.

쒸이이이익!

단창이 노리는 인물은 다름 아닌 비니안이었다. 로티스는 자신의 부하들이 갑자기 몸부림을 친 이유가 비니안의 마법 때문임을 간파했기에 단창을 던져 단번에 그녀를 죽여 버릴 작정이었던 것이다.

번쩍!

상공에서 오러의 푸른 광채가 번뜩이는 것을 본 비니안의 안색이 창백하게 변했다.

'앗!'

딱 봐도 심상치 않은 위력의 단창이었다. 그녀의 몸을 보호하고 있는 다크 마나 실드 정도는 단번에 꿰뚫어 버릴 것이고, 그녀의 몸은 바위가 박살 나듯 터져 버릴 것이 분명했다.

"비니안, 조심해!"

"어서 피해요!"

롤란드와 찰스가 다급한 표정으로 다가왔다. 그러나 단

창은 이미 비니안의 지척에 도착해 있었다.

'느, 늦었어. 끝이야.'

불가항력이었다. 그녀는 절망 어린 표정으로 눈을 감았다.

바로 그때, 어디선가 번개처럼 나타난 한 사내가 비니안을 향해 유성처럼 떨어져 내리는 단창을 쳐내 버렸다.

차앙!

그것을 본 로티스의 두 눈이 경악으로 커졌다. 그는 도무지 믿을 수 없었다.

"끄긱! 나의 유성 투창을 쳐내다니. 저놈은 또 누구냐?"

유성 투창에는 마갑주의 힘이 깃들어 있어 마치 자석처럼 목표를 향해 날아가 적중하게 된다. 상공에서 떨어져 내리는 모습이 마치 유성과 같다고 하여 유성 투창이라 불리는 것으로, 그 위력은 철벽이라도 박살 낼 수 있다 했다.

그런데 그것을 가볍게 쳐내는 인간이 있을 줄이야. 거대한 근육질의 덩치에 붉은 머리를 가진 사내. 그는 자신의 키만 한 대검을 한 손으로 쥔 채 오연히 서 있었다.

'헉! 저놈은?'

로티스는 눈을 부릅떴다. 그제야 비로소 붉은 머리 사내의 정체를 알아본 것이다.

꼼짝없이 단창에 꿰뚫려 죽는 줄 알았던 비니안은 자신의 앞에 커다란 대검을 든 붉은 머리 사내가 우뚝 서 있는 모습을 보고 깜짝 놀랐다.

"아, 아빠!"

"하하하! 비니안, 그동안 잘 있었느냐?"

비니안을 구해 준 사내는 물론 라우벤이었다. 그는 진작부터 근처에 도착해 있었고, 샤크에게 그간 있었던 일에 대해 보고도 올린 터였다. 롤란드 등이 생사의 전투를 벌이는 동안 한쪽에서 샤크 등과 느긋하게 재회를 나누고 있었던 것이다.

지난 한 달여의 시간 동안 라우벤은 먼터 왕국에 침입했던 8개의 리자드맨 군단을 모조리 궤멸시켜 버렸다. 사브라 족에는 도합 10개의 군단이 있었는데, 그중 먼터 왕국을 침입했던 군단은 도합 8개였다.

물론 군단이 궤멸되는 와중에 도주한 리자드맨들이 제법 있었지만, 그것들은 먼터 왕국의 정규군들이 알아서 할 문제였다. 라우벤은 리자드맨 패잔병들까지 일일이 찾아내 소탕해 주고 싶은 생각은 없었다.

그보다 그는 이곳 숲에 있는 리자드맨 본거지를 박살 낼 작정으로 내려온 것이었다. 숲에서는 혼자 이동하는 것이 편한 터라 던컨을 비롯한 수행원들을 오마다 영지로 모두 돌려보낸 뒤 때마침 이 근처를 지나다 전투가 벌어지는 소리를 듣고 달려온 참이었다.

이곳에 도착한 그는 믿기 힘든 광경을 목격했다. 소심하고 유약하기 짝이 없던 오마다 백작이 용맹한 전사가 되어 리자드맨들과 전투를 벌이는 것도 놀라운 광경이었지만, 그보다는 그의 철부지 딸인 비니안이 딱 부러지게 마법을 펼치며 단단히 한몫을 담당하고 있는 모습이야말로 그를 경악하게 만들었다.

비니안은 불과 한 달여 사이에 철이 바짝 들어 버렸을 뿐만 아니라 가히 열 배는 강해졌다. 대체 무슨 일이 있었기에 저리 변해 버린 것인지. 물론 그로서는 충분히 상황을 짐작할 수 있었다. 샤크가 아니라면 누가 비니안을 저리 만들 수 있겠는가?

비니안이 철이 든 것이 기특하면서도, 악덕 로드인 샤크로부터 상상할 수 없는 고초를 당했을 것을 생각하면 울컥 눈물이 나기도 했다. 그는 샤크가 결코 부드러운 방법을 사용하지 않는다는 사실을 누구보다 잘 알고 있었으니 말이다.

그래서 라우벤은 악덕 로드의 횡포로부터 딸 비니안을 지키기 위해서라도 이후론 절대 비니안의 곁을 떠나지 않기로 다짐했다.

그러다 비니안이 아고니 힐이란 흑마법을 펼쳐 리자드맨들을 괴롭히는 장면을 아주 흐뭇하면서도 흥미진진한 표정으로 지켜봤다. 누구 딸인지 몰라도 머리 하나는 기막히게 타고났다는 생각에 그의 입가에는 미소가 그치지 않았다.

바로 그 순간, 리자드맨 만부장 로티스가 기상천외한 투창술을 펼쳐 비니안을 공격했다. 라우벤은 비로소 자신이 멋지게 등장할 순간이라 여겼고, 극적으로 비니안을 보호하는 데 성공했다.

그 사실을 모르는 비니안은 감동이 가득한 표정이었다. 영락없이 죽는 줄 알았는데 아빠가 나타나 구해 주다니, 어찌 눈물이 나지 않을 수 있으랴.

"아빠, 대체 어떻게 여길?"

"험! 나는 멀리서부터 너의 위기를 직감했단다. 혹시나 했는데 나의 직감이 맞았을 줄이야. 늦지 않게 달려와서 다행이로구나."

직감은 무슨 직감? 미리 와서 숨은 채 전투를 쭉 지켜봐 놓고 말이다. 그러나 라우벤은 짐짓 그럴듯한 말을 꾸며 내 말했다. 그래야 뭔가 극적이란 생각에서였다.

"아! 역시 내겐 아빠밖에 없어요."

"하하하! 그걸 이제 알았느냐? 그동안 얼마나 고초가 많았느냐, 딸아. 이제부턴 내가 널 지켜 주마."

"아빠······."

순간 비니안은 가슴이 뭉클했다. 그동안의 고초를 어찌 이루 말할 수 있겠는가. 물론 그 고초의 대부분은 리자드맨들이 아닌 흉악한 로드인 샤크로부터 비롯된 것이었지만 말이다.

그러나 그녀는 자신이 샤크에게 무자비한 구타를 당했다는 사실을 라우벤에게 말하지 않았다. 라우벤의 급한 성격상 딸이 그런 일을 당했다는 사실을 알게 되면 앞뒤를 안 가리고 샤크에게 들이댈 가능성을 배제할 수 없어서였다.

만일 그렇게 되면 어떤 불행한 사태가 벌어질까?

안 봐도 뻔했다. 샤크가 얼마나 악질적인 위인인지 잘 알고 있는 비니안은 자신으로 인해 아빠 라우벤이 고초를 당하게 하고 싶지 않았다. 그녀는 그것이 아빠에게 해줄 수 있는 일종의 배려라 생각했다.

'공연히 말해 봤자 힘없는 아빠만 죽도록 맞게 될 거야. 서럽지만 그냥 내가 참고 살아야지 어쩌겠어?'

예전의 비니안이었다면 절대 이런 기특한 생각을 하지 못했을 것이다. 아빠가 어떤 곤란한 지경에 처하건 말건 그냥 생떼를 부리며 통곡을 했을 그녀였다. 샤크를 때려 달라고 말이다.

그러나 이제는 철이 든 모양이다. 지난 한 달이 가히 10년처럼 길게 느껴질 정도로 고생을 하다 보니 이제는 자신이 아닌 남을 배려할 수도 있게 된 비니안이었다.

한편, 그렇게 부녀가 상봉의 기쁨을 나누고 있는 모습을 리자드맨 만부장 로티스는 인상을 찌푸린 채 노려보고 있었다.

'끄긱! 붉은 숲의 검사 라우벤! 저놈이 기어코 이곳까지 나타났구나.'

로티스는 라우벤에 의해 사브라족의 군단들이 모조리 궤멸되었다는 소식을 이미 들어 알고 있었다. 그에 버금가는 능력을 가진 사브라족의 각성자 중 셋이 죽었다는 사실도.

따라서 자신이 직접 나서도 라우벤을 이기기가 쉽지 않음을 알았다. 마음 같아서는 당장 라우벤과 맞붙어 싸워 보고 싶었지만 그는 승산이 없는 전투를 할 만큼 어리석은 이가 아니었다.

'끄긱! 라우벤! 사브라족의 원수 놈! 너는 곧 죽게 될 것이다. 네놈이 아무리 강하다 해도 그분 앞에서는 아무것도 아니다.'

로티스는 자신을 사브라족의 각성자로 만들어 주고 마갑 전사가 되게 해준 한 존재를 떠올리며 의미심장한 미소를 지었다.

'끄기긱! 그분께서는 네놈이 곧 나타날 것을 알고 이미 준비를 명하셨다. 이 숲은 조만간 죽음의 숲으로 변하게 될 것이다.'

그 순간, 로티스의 두 눈에서 푸른 광망이 번뜩였다. 그의 키가 돌연 세 배 이상 커졌고, 그의 전신은 푸른빛의 마갑으로 둘러싸였다.

츠츠츠츠.

비니안과 대화를 나누다 힐끗 그 장면을 쳐다본 라우벤의 입가에 비릿한 미소가 맺혔다.

"또 마갑 전사인가? 네가 네 번째로군. 각오하라!"

라우벤은 로티스를 향해 달려갔다. 그의 대검이 번쩍이는 순간 그의 앞을 가로막은 리자드맨들이 마치 바람에 쓸려가는 낙엽들처럼 우수수 쓰러져 버렸다.

"끄아아악!"

"키아악!"

리자드맨들이 한 번에 수십여 마리씩 맥없이 쓰러지는 모습을 롤란드와 찰스 등은 입을 쩍 벌리고 쳐다봤다. 물론 그들이 이와 같은 광경을 본 것이 처음은 아니었다. 라우벤이 쉬드 성을 향해 몰려왔던 리자드맨들을 해치울 때도 이와 흡사한 장면이 펼쳐졌으니까.

그때는 그저 라우벤이 전설의 검사라서 그런가 보다 하고 감탄만 했을 뿐이었다. 그러나 지금은 라우벤의 움직임을 보며 검술이란 바로 저런 것이란 깨달음을 얻을 수 있었다.

물론 롤란드 등은 아직 라우벤의 검술을 흉내조차 낼 수 없었지만 그의 검술을 보는 것만으로 시야가 확 트인 것 같은 시원함을 느낄 수 있었다. 그것은 그때에 비해 롤란드 등의 실력이 대거 높아졌기 때문에 가능한 일이었다.

그렇게 롤란드 등이 두 눈을 휘둥그레 뜬 채 입까지 쩍 벌린 자세로 구경을 하고 있자 라우벤이 힐끗 그들을 노려봤다.

"염병할! 지금 구경났느냐? 젊은 놈들이 잘하는 짓이구나. 나이 든 나 혼자 고생하는 모습이 안 보이느냐? 엉?"

롤란드 등은 움찔했다.
"헛, 죄송합니다."
"당장 싸우겠습니다."

그들은 각각 대검과 배틀 액스를 휘두르며 리자드맨들을 향해 돌진했다. 비니안과 에마는 각자가 가진 공격 마법을 펼쳐 최대한 리자드맨들을 혼란시켰고, 엘프 궁수인 파멜라와 타티니아는 팔이 부러져라 활을 쏘아 댔다.

본래라면 무모할 만큼 불리한 싸움이었지만 라우벤이 가세하자 전세는 완전히 역전되었다. 라우벤이 선봉에서 적들을 쓸고 지나가면 롤란드 등은 뒷정리만 하면 되었다.

'멋지군. 나도 반드시 저렇게 되고 만다.'

롤란드는 라우벤의 전투 장면을 계속 힐끔거리며 투지를 불태웠다. 그는 정말 라우벤처럼 강해지고 싶었다. 단순히 비니안을 아내로 얻고 싶은 이유 때문만이 아니라 기왕 검을 손에 쥔 이상 저 정도의 경지에는 이르고 싶었기 때문이다.

진작부터 이런 생각을 가졌다면 얼마나 좋았을까? 처음 검을 손에 쥔 그 순간부터 이와 같은 마음을 가졌다면 그는 미친 듯이 수련에 몰두했을 것이다. 가히 생명을 걸고 검술 수련에 박차를 가했을 것이다.

그러나 그는 항상 대충대충 했다. 어차피 전쟁이 나도 장차 영주가 될 자신이 전투에 나가 싸울 일은 없을 거라 생각해서였다. 밑의 기사들이 알아서 다 싸워 줄 테니 굳이 고되고 힘든 검술 수련을 하고 싶진 않았다.

그러다 보니 그는 매우 유약하고 비겁해질 수밖에 없었다. 흉악한 리자드맨들에 의해 부하들이 죽임을 당해도, 기사들에게 의존하며 뒤에 숨어 있어야 했다.

그러나 이제 목표가 생겼다. 지난 한 달 사이 죽도록 얻어맞으며 정신력이 강해진 것도 있지만, 지금은 라우벤처럼 되고 싶은 염원이 그의 마음을 지배했다.

그런데 그는 왜 샤크와 같이 되고 싶다는 생각은 하지 않을까? 라우벤이 강하긴 하지만 그가 로드라 부르는 샤크가 훨씬 더 강할 것은 분명한데 말이다. 따라서 어차피 목표를 두고자 하면 라우벤보다 샤크를 그 대상으로 하는 것이 좋지 않겠는가?

그 이유는 롤란드도 알 수 없었다. 그는 솔직히 샤크를 보면 아무 생각도 들지 않았다. 그저 피하고 싶고 두려울 뿐이었다. 하물며 그와 같이 되고 싶은 생각은 더더욱 상상조차 못 했다.

아마도 굳이 생각해 보자면 애초부터 이룰 수 없는 목표이기에 생각조차 하지 않는 것일 수도 있었다. 라우벤만 해도 사실 롤란드의 생전에 그와 같은 경지를 이룬다는 건 꿈

같은 일이었으니 말이다.

 사실 그조차 그리 현실적이지 못한 목표인데 하물며 샤크와 같이 된다는 건 그보다 더 비현실적인, 그야말로 불가능한 목표가 아닐 수 없으리라.

 한편, 그렇게 라우벤과 롤란드 등이 리자드맨들과 전투를 벌이는 사이, 샤크는 그 나름대로 치열한 전투를 수행 중이었다. 물론 샤크의 전투는 일반적인 상식과는 궤를 달리했다.

 스윽.

 그의 시선은 줄곧 엘프 파멜라와 타티니아를 향해 있었다. 천박해 보이진 않지만 그래도 천 조각만으로 중요한 부위를 가리고 있는 옷차림의 그녀들을 보면 볼수록 마왕으로서의 포식 욕구가 들끓어 올랐다.

 주술 디퍼런스로 인해 더 이상 외부 종족에게 겁탈당할 위기에 처하지 않게 되자 엘프들의 옷차림이 저처럼 과감해졌는지 모른다. 사실 본래라면 숲의 요정족인 그들에게 신체를 가리는 옷은 매우 거추장스러운 것일 테니까.

 그러나 샤크는 인간이 아닌 소마왕이었다. 엘프들이 스스로를 보호하기 위해 펼친 디퍼런스라는 주술은 오히려 그의 포식 욕구를 더욱 자극할 뿐이었다.

 "얏!"

"하앗!"

팟! 슉슉!

땀을 흘리며 활을 쏘아 대는 파멜라와 타티니아의 모든 움직임은 샤크에게 무척이나 큰 자극으로 다가왔기에 그는 다른 것에 신경 쓸 틈이 없었다.

그만큼 그는 혼신의 힘을 다해 본능과 사투를 벌이는 중이었고, 그로 인해 그의 무극지기 흡수량은 상상할 수 없을 정도로 급증했다. 흡사 클라우드 대륙에 있는 모든 무극지기의 기운이 그의 몸에 집중되는 듯한 착각이 일 정도였다.

츠으읏! 츠으으읏!

그러다 일순, 샤크의 몸에 진동이 일었다. 그동안 그가 허용하는 한도 내에서 수단과 방법을 가리지 않고 무극지기를 쌓아 온 덕분인지 어느덧 그가 전생에서도 이루지 못했던 단계에까지 이른 것이다.

'흐읍!'

만상무극지체로 가히 무한대의 무극지기를 수용할 수 있는 그의 몸이라 특별히 환골탈태와 같은 현상이 또 일어나지는 않았지만 그의 내부에서는 대폭발이 일어났다.

콰아앙!

그 소리는 샤크를 제외한 누구도 들을 수 없었다. 내부에서 폭발이 일어났음에도 샤크의 신체는 아무런 이상이 없었다. 그는 두 눈을 번쩍 떴다.

'이럴 수가! 무극지기의 총량이 대략 몇 배는 증가한 듯하구나.'

하나의 한계를 돌파하고 새로운 경지에 이르자 불가사의한 기적이 벌어졌다. 무극지기가 일약 몇 배로 늘어나는 신비한 경험을 하게 된 것이다.

그것은 일생에서 두 번 다시 경험하기 힘든 기연과도 같았다. 물론 언젠가 또다시 새로운 한계를 돌파하게 되면 그와 같은 기연을 또 경험하게 될지 모르지만 말이다.

한계를 돌파하며 얻게 된 또 하나의 기적은, 무극지기의 흡수량 또한 이전에 비할 수 없이 늘어났다는 것! 생명의 위기가 발생하면 무극지기 흡수량을 늘리는 만상무극지체의 능력이 한계를 초월하자 평소에도 매우 빠른, 거의 극한에 가까운 속도로 무극지기를 흡수하는 능력을 갖게 된 것이다.

그로 인해 샤크는 이제 더 이상 본능을 제어하며 사투를 벌이는 번거로운 수련을 할 필요가 없어졌다. 아까처럼 육감적인 엘프들의 몸매를 훔쳐보며 본능과 사투를 벌인다 해도 지금보다 특별히 무극지기 흡수량이 늘어나진 않을 것이기 때문이다.

'더 이상 채신머리없는 짓을 하지 않아도 되니 좋긴 하

군.'

 자신의 그러한 수련법이 협의라는 테두리에서 보았을 때는 그다지 권장할 만한 방법이 아니었음을 솔직히 인정하는 샤크였다. 다만, 강해지기 위해서는 어쩔 수 없다 생각하며 스스로를 합리화해 왔을 뿐이었다.

 그러나 이제 그러한 일을 하지 않아도 된다니 그의 마음은 매우 홀가분하지 않을 수 없었다. 비로소 하늘을 우러러 떳떳한 인간, 아니 마왕이 될 수 있는 걸까?

 그런 게 무슨 의미가 있는지 모른지만.

 물론 당연히 의미가 있으리라. 그 누가 인정해 주지 않아도, 설령 모든 마왕들이나 혹은 용자들이 비웃는다 해도 샤크는 자신의 소신을 굽히지 않을 것이다. 그는 정말로 하늘을 우러러 떳떳한 마왕이 되고 싶었다.

 그사이 어느덧 전투가 끝났다. 리자드맨들의 대부분은 죽임을 당했고, 소수만 간신히 흩어져 달아났을 뿐이었다. 라우벤은 나뭇가지 위에 걸터앉아 명상에 잠겨 있는 샤크를 향해 다가왔다.

 "로드, 전투가 끝났습니다."

 라우벤의 보고에 샤크는 눈을 뜨고 그를 쳐다봤다. 라우벤이 머리를 긁적이며 말을 이었다.

 "아쉽게도 마갑 전사 녀석은 놓쳤습니다. 놈이 바로 도주

하는 바람에 어쩔 수 없었지요."

라우벤도 마갑 전사가 달아나는 것을 미처 막을 틈이 없었다고 했다. 심지어 크라케의 힘으로도 불가능했다. 물론 샤크가 나섰다면 잡았겠지만, 그는 그때 매우 중요한 수련 중이었다. 그것은 그따위 마갑 전사를 잡는 것보다 수만 배는 더 중요한 일이었다.

"놓쳤다고 실망할 것 없어. 어차피 다시 놈을 만나게 될 것이다."

"저도 그렇게 생각합니다. 아마도 놈들의 본거지로 돌아가 있을 테니 말입니다."

그렇지 않아도 리자드맨들의 본거지를 박살 내버릴 심산으로 이 숲에 들어온 라우벤이었기에 느긋했다. 물론 샤크는 그보다 더 느긋했다.

"일단 놈들의 본거지로 간다. 마갑주를 만든 놈도 그곳에 있을지 모르니까."

"예, 로드."

이 방대한 숲에서 리자드맨들의 본거지가 어디에 있는지 찾기란 쉽지 않을 것이다. 그러나 그사이 크라케가 리자드맨 백부장 하나를 붙잡아 둔 터였다. 어떤 수법을 썼는지, 그것은 크라케의 충성스러운 하수인으로 변해 있었다.

"끄긱! 저를 따라오십시오."

백부장 넬탄은 일행의 앞에서 길을 안내했다. 그의 말에 의하면 그들의 본거지는 숲의 남부 거대한 습지에 위치해 있는데, 그곳엔 수만 마리의 리자드맨들이 남아 있다고 했다.

크라케는 넬탄에게 마갑주나 광전사의 불꽃과 관련된 것들도 물어봤지만 별다른 소득이 없었다. 넬탄이 알고 있는 것은 오직 각성자들만이 마갑주를 얻을 수 있다는 막연한 내용뿐이었다.

현재 사브라족에는 다섯 명의 각성자가 있다고 했는데, 족장 비켄트가 그중 하나였다. 아까 사라진 로티스도 각성자였고 말이다. 그들 말고도 셋이 더 있었지만, 그들은 현재 라우벤에게 모두 죽은 상태였다.

"그럼 복잡하게 생각할 것 없이 리자드맨 족장에게 물어보면 어렵지 않게 알 수 있겠군."

"그럴 것입니다."

샤크의 말에 크라케는 머쓱한 표정을 지었다. 그러고 보니 공연히 이리저리 머리를 쓸 필요가 없었다. 간단하게 해결할 방법이 있었던 것이다. 물론 그것은 샤크처럼 압도적인 능력을 가지고 있기에 가능한 일이겠지만.

휘잉!

그렇게 잠시 걸었을까? 갑자기 세찬 바람이 불어닥치더

니 회색 안개가 사방을 뒤덮었다. 음침한 기운이 물씬 풍기는 안개였다.

"키키키키!"

"크크크!"

그와 함께 주위로 몰려든 것은 다름 아닌 언데드들이었다. 언제 죽었는지 알 수 없는 인간들의 부패된 시체부터 시작해 불과 몇 시간 전에 죽은 리자드맨들의 사체, 갖가지 형상의 동물과 이름 모를 몬스터들의 사체까지 몰려들었다.

"허억! 언데드들이 끝없이 몰려옵니다."

롤란드 등은 깜짝 놀랐다. 심지어 흑마법사인 비니안도 기겁했다. 그녀가 아무리 흑마법을 배웠다 해도 사방에서 끝없이 밀려드는 언데드들을 보고 어찌 초연할 수 있겠는가. 특히 그녀가 직접 언데드들을 조종한다면 모를까, 남이 조종하는 언데드는 결단코 반가운 대상이 아니었다.

라우벤도 인상을 굳힌 채 사방을 노려봤다. 그는 물론 언데드들을 두려워하지 않았다. 이 언데드들을 배후에서 조종하는 자를 찾고 있을 뿐.

"제길! 어떤 놈인지 모르지만 뒤에서 잔머리 굴리지 말고 냉큼 튀어나오지 못하느냐?"

그러나 라우벤이 아무리 기를 써도 언데드를 조종하는 이를 찾을 수는 없었다. 그는 고개를 돌려 크라케를 향해 물었다.

"크라케 영감, 당신도 못 찾았소?"

"그러네. 보통 놈이 아닌 듯하군."

크라케는 안색을 딱딱하게 굳힌 상태였다. 그는 비록 마물이지만 최상급 마물이 된 지 오래였다. 상급 마족 정도가 아니라면 웬만한 중급 마족에게도 쉽사리 지지 않을 자신이 있을 만큼 강력한 마력을 가지고 있었다.

그런데 그런 크라케의 마력으로도 지금 나타난 언데드들은 통제가 불가능했다. 그것은 크라케의 수준을 훨씬 뛰어넘는 마력의 소유자가 언데드들을 권속으로 부리고 있음을 의미했다.

"로드, 일루전 트레저를 지배하는 자가 생각보다 강한 마력을 지닌 마족인 듯싶습니다. 예상대로 그는 최소한 상급 마족 이상입니다."

"뭐, 그럴 수도 있겠군."

샤크는 태연히 고개를 끄덕였다. 그로서는 사실 어이가 없었다. 그가 누구인가? 정체를 드러내지 않기 위해 스스로 날개를 봉인한 소마왕이 아닌가? 그런데 그런 샤크에게 언데드들을 들이미는 녀석이 있을 줄이야. 옛말 그대로 번데기 앞에서 주름잡는다는 말이 딱 어울리는 상황이었다.

샤크는 날개를 봉인한 것으로 인해 윙 블레이드와 같은

마왕으로서의 강력한 능력을 사용하지 못하는 것일 뿐, 언데드 조종 따위는 따로 배우지 않아도 저절로 갖춰지는 수많은 능력 중에서도 하급에 불과했다.

그런데 그동안 왜 하지 않은 것일까? 당연히 협의에 위배된다 생각하기 때문이었다. 그가 아무리 마왕으로 태어났다지만 이미 죽은 자들을 조종해 부려 먹는다는 것은 결코 내키지 않았다. 다시 말해, 하지 못한 것이 아니라 하지 않았을 뿐이다.

'하찮은 수준의 마력이군. 고작 이 정도가 상급 마족의 마력인가?'

샤크의 무극지기는 모든 속성의 마나를 포괄하는 근원적인 힘이라 할 수 있다. 마기 또한 그에 포함되었다. 다시 말해 그는 다른 마왕이나 마족들이 하듯 어둠의 마나, 즉 마기를 통해 언데드들을 조종할 필요 없이 무극지기로도 얼마든지 가능했다.

그러나 그는 애초부터 언데드 조종에 별다른 관심이 없었다. 협의고 뭐고 다 떠나서 대체 왜 그런 귀찮은 짓을 하는가? 누군가를 해치우고 싶으면 직접 손보면 되는데 말이다.

실제로 샤크가 아닌 다른 마왕들 중에서도 직접 언데드들을 조종해 적을 공격하는 경우는 거의 없었다. 그런 저급한 공격은 마왕 휘하의 마족들 몇이 담당할 뿐, 마왕이 어디 채

신머리없이 언데드를 조종한단 말인가.

물론 마왕 중에서 독특한 취미를 지닌 이들은 간혹 언데드 드래곤과 같은 특별한 언데드들을 데리고 다니는 경우도 있었다. 그러나 그것은 어디까지나 그의 취미일 뿐, 그것을 전투에 활용하기 위한 것은 아니었다.

언데드들의 능력이 보통의 인간이나 이종족들에게는 매우 대단해 보여도, 마왕이 보기에는 그야말로 하찮기 그지없는 수준이었다. 그럴 바엔 마물 숲에 득실대는 마물들을 데리고 다니는 편이 훨씬 나았다.

'후후, 이따위 쓸데없는 짓을 하는 걸 보니 놈은 확실히 마왕은 아니로군. 어디, 뒤에서 웅크리고 있지 말고 나와 보아라.'

스윽.

샤크가 손을 휘젓자 새까맣게 몰려오던 언데드들의 몸이 부르르 떨리더니 일제히 무너져 내렸다. 그 장면은 실로 장관이었다.

휘이이잉!

또한 상공에 세찬 돌풍이 일어나며 주위를 뒤덮었던 회색 안개도 흩어져 버렸다.

"오!"

"와아! 언데드들이 사라졌다."

모두들 탄성을 질렀다. 하지만 그들은 그것이 샤크의 손짓에 의해 벌어진 것임은 알지 못했다. 라우벤과 크라케만이 어렴풋이 짐작했을 뿐.

특히 크라케는 비로소 샤크가 가진 능력의 실체를 조금이나마 알게 되었다. 조금 전 무력하게 쓰러져 버린 언데드들을 조종하는 마족의 마력보다 샤크의 마력이 훨씬 강력하다는 것을 확인할 수 있었으니까.

'오, 이 정도의 마력이라니! 역시 로드는 최상급 마족이 분명해.'

크라케의 가슴이 세차게 뛰었다. 최상급 마족은 상급 마족과 비할 수 없이 고귀한 존재다. 그들은 휘하에 마족들을 권속으로 부리지, 마물 따위에는 관심이 없다고 했는데.

'크흐! 로드와 같은 고귀한 마족의 권속이 되다니, 내가 정말 운이 좋구나.'

크라케는 속으로 흐뭇한 미소를 지었다. 최상급 마족 정도의 권속이 된 것만으로도 이토록 뿌듯해하는 그였으니, 만일 샤크가 소마왕인 것을 알게 되면 아마 기절초풍하고 말 것이다.

Chapter 10
초거대 마갑 전사

'크으으! 이, 이럴 수가!'

샤크의 손짓 한 번에 언데드들이 모조리 사라진 순간, 전신을 부르르 떨며 경악에 잠긴 한 존재가 있었다.

그의 이름은 쿠드나스. 그는 자신이 이곳 숲에 숨어든 지난 5백 년 이래 가장 위협적인 자가 나타났음을 깨닫고 인상을 굳혔다.

'나의 마력이 깃든 언데드들을 무력화시켰다는 건 놈이 적어도 상급 마족 정도의 능력을 가졌다는 것을 의미한다.'

물론 지금 나타난 강적이 그 정도 수준의 적이라면 쿠드나스가 그리 크게 염려할 필요는 없었다. 그는 언데드들을 조종할 때 전력을 드러내지 않았기 때문이다.

그것은 상대가 강적이라면 짐짓 약한 실력을 내보여 그를 방심시키기 위함이었고, 한편으로는 상대의 능력을 시험해 보려는 의도도 있었다.

그런데 아무리 그래도 그렇지, 상대는 너무도 쉽게 언데드들을 무력화시켜 버렸다. 따라서 그것은 지난 5백 년이 넘도록 먼터 왕국의 남부 숲에서 조용히 웅크려 지낸 쿠드나스에게는 매우 큰 위기로 다가올 수밖에 없었다.

최소한 상급 마족 이상의 능력을 지닌 적이 나타났다. 그가 나타난 이유는 무엇일까?

'크득! 어떤 이유 때문에 왔는지는 모르지만 너는 감히 나 쿠드나스의 영역에 들어온 것을 후회하게 될 것이다. 환야의 세계에 존재하는 가장 강력한 보물 중 하나인 광전사의 불꽃이 내게 있기 때문이지. 크카카캇!'

쿠드나스는 키득거렸다.

'하긴, 그렇지 않아도 너무 무료하긴 했어. 적당히 강한 상대가 나타나 이 무료함을 풀어 줬으면 했는데 어찌 보면 잘된 일인지도 모르겠구나.'

쿠드나스는 고개를 돌려 장엄하게 타오르는 푸른 불꽃을 바라봤다. 환야의 세계에 존재하는 기이한 현상 중 하나인 일루전 트레저! 그중 하나인 광전사의 불꽃이 바로 그것이었다.

화르르르!

이 신비한 불꽃은 이곳 숲에 저절로 생겨난 결계 속에 감춰져 있었다. 5백여 년 전 우연히 클라우드 대륙으로 숨어들어 왔던 쿠드나스는 당시 이 결계의 틈새를 발견하고 그 안에 광전사의 불꽃이 존재한다는 사실을 알게 되었을 때 얼마나 기뻤는지 모른다.

그는 그때부터 마갑주를 만드는 데 노력을 기울였고, 그렇게 지금껏 다섯 벌의 마갑주를 만드는 데 성공했다.

그러나 5백여 년의 세월을 마갑주만 만들며 보낸다는 건 쉬운 일이 아니었다. 그는 실로 무료했고, 그래서 시시때때로 무료함을 극복하기 위해 장난을 치곤 했다. 이를테면 몬스터들을 조종해 클라우드 대륙을 피로 물들게 만드는 장난 말이다.

물론 그 장난은 인간이나 이종족들에게는 재앙과도 같은 끔찍한 일이었지만 그에게는 그것만큼 흥미진진한 일이 없었다.

또한 그는 마갑주의 전설을 슬쩍 인간들에게 유포시켜 이곳으로 인간 모험가들을 몰려오게 만들기도 했다. 호기심과 보물에 눈먼 인간 모험가들은 마갑주를 차지하기 위해 이 숲으로 몰려들었다.

그들은 모두 어찌 되었을까? 불행히도 모두 쿠드나스의 간식거리가 되는 운명에 처하고 말았다. 그러다 보니 최근에는 이 숲을 찾는 모험가들이 거의 없어 그로서는 아쉬워하던 차였다.

'크큭! 너희들도 모두 같은 운명에 처하게 될 것이다.'

그는 문득 손을 휘저었다. 순간 그의 푸른빛 갑주 세 개가 찬란한 빛을 발하며 나타났다. 본래 리자드맨 각성자들에게 하사했던 마갑주들이었는데 그들이 라우벤이라는 인간 검사에게 죽임을 당하면서 본래의 주인인 쿠드나스에게 돌아온 것이다.

마갑주에는 광전사의 불꽃이 가진 특별한 힘이 깃들어 있어 절대로 파괴되지 않는다. 일시적으로 부서져도 금세 다시 복원되어 본 주인에게 돌아오게 되어 있었다.

그런 만큼 광전사의 불꽃이 있다 해도 마갑주를 제작하는 일은 결코 쉬운 작업이 아니었다. 그것을 위해서는 다른 특별한 재료들도 적지 않게 필요했기 때문이다. 그가 지난 5백 년 동안 겨우 다섯 벌의 마갑주만 만들 수 있었던 것도 그 때문이었다.

"크크큭! 건방진 침입자들이여! 너희들은 이제 보게 될 것이다. 이때를 위해 수백 마리가 넘는 각성자들을 키워 두었으니 말이야."

 각성자가 수백이나 존재하다니. 리자드맨들 중에 불과 다섯 정도만 있다던 각성자의 숫자가 실은 그토록 많았다는 말인가?

 물론 쿠드나스가 작정한다면 평범한 리자드맨을 각성자의 수준으로 끌어올리는 것쯤이야 그리 어려운 일도 아니리라. 하물며 무려 5백 년이란 긴 세월이 있었으니 말이다.

 츠읏!

 키득거리던 쿠드나스의 두 눈에서 시퍼런 광망이 번쩍이는 순간, 푸른빛의 마갑주들이 환영처럼 어디론가 사라졌다.

 한편, 샤크 일행은 그사이 언데드들이 사라진 숲을 걷고 있었다. 한참을 걸었을까? 드디어 리자드맨들의 본거지가 있는 습지가 나타났다.

 휘이! 쒸이이이!

 그런데 바로 그 순간, 전방에 거센 폭풍이 몰아치더니 거대한 푸른빛의 갑주를 걸친 다섯 마리의 리자드맨들이 나타났다.

 "끄기긱! 이곳이 어디라고 들어왔느냐, 어리석은 인간들이여!"

"끄긱! 침입자들이여! 너희들은 오지 말아야 할 곳에 온 것에 대한 대가를 치르게 될 것이다."

리자드맨 마갑 전사들은 각각 짙푸른 광채로 빛나는 거검을 번쩍 쳐든 채 성큼성큼 다가왔다.

순간 라우벤이 샤크를 향해 씩씩하게 외쳤다.

"로드, 저놈들은 제게 맡겨 주십시오."

"허락한다."

마갑 전사가 하나도 아닌 다섯이 동시에 몰려온 것은 충분히 놀랄 만한 일이었지만 샤크가 볼 때 라우벤의 능력이라면 충분히 감당할 수 있었다.

"아빠, 조심해요!"

비니안이 불안한 표정으로 외쳤다. 그녀는 라우벤이 세상에서 두 번째로 강한 자임을 알고 있었지만 그래도 혼자서 마갑 전사를 다섯이나 상대한다니 걱정되지 않을 수 없었다.

그러나 라우벤은 여유롭게 웃으며 외쳤다.

"하하하, 저따위 놈들이 떼로 몰려와도 나를 어쩌지는 못한다. 염려 말고 최대한 뒤로 물러나 있거라."

비니안은 고개를 끄덕이고는 뒤로 멀찍이 물러났다. 롤란드 등도 마찬가지였다. 라우벤과 마갑 전사들이 격돌하게 되면 그 가공할 충격의 여파로 인해 인근의 지형이 초토

화될 것이 분명하기에.

'흐흐! 모처럼 천마구검식을 마음껏 펼쳐 볼 수 있겠군.'

라우벤은 그동안 샤크에게 전수받은 두 가지의 검법 중 수라광살검법은 질리도록 써먹어 봤지만 천마구검식을 펼칠 기회는 그리 많지 않았다. 지금껏 딱 세 번만 펼쳐 봤을 뿐이다. 모두 마갑 전사와 싸울 때였고, 그것들은 제1초식에 모조리 무너져 버렸다.

그러나 그때는 일대일의 승부였고, 지금은 일 대 오의 대결이다 보니 그로서도 긴장이 되지 않을 수 없었다. 마갑 전사 각각의 능력은 그랜드 마스터에 근접하기 때문이었다.

'처음부터 전력을 다해 승부한다.'

스읏.

라우벤은 오른팔을 옆으로 쭉 내밀었다. 그로 인해 오른손에 쥔 대검의 검신 또한 지면과 수평을 유지했다. 이는 천마구검식의 다섯 번째 초식을 펼치기 위한 자세였다.

'각오해라, 사악한 몬스터 놈들!'

츠으으으! 파아아아앗-

대검의 검신에서 붉은 광채가 햇살처럼 퍼져 나간 순간, 리자드맨 마갑 전사들이 움찔 놀라더니 재빨리 거검을 앞으로 세워 방어 자세를 취했다. 그러나 그때는 이미 붉은빛의 폭풍이 그들의 전신을 휘감은 후였다.

스파파! 파파파팟-

빛의 폭풍에 휘말린 마갑 전사들의 몸체가 부르르 떨리더니 이내 무참하게 조각나 무너져 버렸다.

우르르! 후드드드!

단 한 번의 검격에 마갑 전사 다섯을 박살 내버릴 줄이야. 그것이 바로 천마구검식의 가공할 위력이었다. 라우벤이 작정하고 자신의 전력을 드러내자 마갑 전사들은 무력하게 무너지고 말았다.

"오오, 과연 라우벤 님!"

"호호호! 역시 우리 아빠야."

롤란드와 비니안 등이 환호성을 질렀다. 특히 롤란드와 찰스는 두 눈을 부릅뜬 채 입을 다물 줄 몰랐다.

'대단하구나. 저런 놀라운 검술이 존재하다니.'

그야말로 진정한 전설이었다. 그들은 앞으로 살면서 방금 전처럼 멋진 장면을 두 번 다시 목격하지 못하리라 확신했다. 마갑 전사 다섯을 한 번에 보내 버리는 저 가공할 존재를 그 누가 당할 수 있을까 싶었다.

그러나 그때, 그들이 전혀 예상하지 못한 일이 벌어졌으니!

츠츠츠츳! 휘이이이잉-

갑자기 거센 폭풍이 일어나더니 라우벤에 의해 박살 난 마갑주의 조각들이 합쳐지며 본래의 모습으로 복원되는 것이 아닌가?

물론 이것도 놀랄 만한 일이었지만 이미 몇 번 목격했던 터라 새삼 놀랄 것은 없었다. 롤란드 등뿐 아니라 라우벤까지 경악하게 만든 일은 그 이후에 벌어졌다.

휘이이이! 번쩍! 번쩍!

다시금 거센 폭풍과 함께 눈부신 빛이 번뜩이는가 싶더니 마갑주들이 각각 리쟈드맨 마갑 전사로 화했다.

"끄기긱! 침입자 놈, 용서하지 않겠다."

"끄긱! 위대한 분의 이름으로 너희들에게 징계를 가하겠다."

아까 죽은 리쟈드맨들 대신 새로운 리쟈드맨들이 마갑을 입고 나타난 것이다. 놀랍게도 각각의 능력들이 이미 죽은 마갑 전사들 못지않았다. 라우벤은 인상을 구겼다.

"제길! 각성자가 고작 다섯뿐이라더니 계속 나오는군. 이런다고 상황이 달라질 줄 아느냐?"

그는 오히려 즐기는 기색이었다. 그가 검을 위로 쳐들자 마갑 전사들이 움찔하더니 잽싸게 흩어지며 그를 사방에서 포위했다. 조금 전 그들의 동료들이 한데 몰려 있다가 라우벤에게 무력하게 당했던 장면을 기억했기 때문이다.

그러나 그것은 오히려 라우벤에게 그들을 각개 격파할 수 있는 흥밋거리를 주었을 뿐이다. 라우벤의 대검이 춤을 추듯 사방을 누비자 마갑 전사들은 제대로 거검 한 번 휘둘러 보지 못하고 모조리 반쪽이 나버렸다.

츠츠츠!

문제는 그렇게 죽은 리자드맨들의 몸체는 연기로 변해 사라져 버리고 마갑주는 다시 본래의 모습으로 복원된다는 데 있었다. 곧바로 새로운 리자드맨 각성자들이 그 마갑주를 장착해 거대 마갑 전사로 재탄생했다.

"끄기긱! 큭큭! 어리석은 인간 놈!"

"끄긱! 네놈이 아무리 날뛰어도 결국 그 한계를 드러내게 될 것이다."

리자드맨 마갑 전사들이 키득거리며 라우벤의 주위를 포위했다. 라우벤은 코웃음 쳤다.

"크흐! 어디 계속 나와 봐라. 마지막 한 놈까지 모조리 쪼개 버릴 테니."

라우벤의 대검이 빛을 뿌리는 순간, 마갑 전사들이 쓰러졌다. 이렇게 마갑 전사들이 무력하게 쓰러지는 모습을 보면 누군가는 그들이 무척 약하다 느낄지도 모른다. 그러나 마갑 전사들이 약한 것이 아니라 라우벤과 천마구검식이 너무 강한 것이었다. 다만, 아무리 그라 해도 천마구검식을 지속적으로 펼쳐 대자 마나가 대거 소진되지 않을 수 없었다.

사실 그에게 있어 수라광살검법은 온종일 펼친다 해도 그리 무리가 되지 않았다. 그러나 마갑주는 천마구검식이 아니면 파괴가 불가능했다. 천마구검식은 수라광살검법과는 차원이 다른 무공이다 보니 마나 소모가 엄청났다. 따라서 지속적으로 재생되는 리자드맨 마갑 전사 1백여 마리를 베고 나자 라우벤의 움직임이 눈에 띄게 둔해지고 말았다.

"크흐……! 빌어먹을! 정말 끝도 없이 나오는군."

그러나 그의 움직임이 둔해졌다 해서 그의 검까지 둔해진 것은 아니었다. 그는 이를 악물고 천마구검식을 펼쳤다. 리자드맨 마갑 전사들은 새로 나타나는 즉시 박살 나버렸다.

그 모습을 본 쿠드나스는 분통이 터졌다.

'크득! 저대로 두면 애써 키워 놓은 각성자들이 모조리 죽임을 당하고 말겠군.'

라우벤이 아무리 그랜드 마스터의 경지에 이른 검사라 해도 쿠드나스에게는 가소로운 존재일 뿐이었다. 그는 사실 라우벤보다 그 뒤에 있는 다른 존재를 경계하고 있었기에 섣불리 나서지 않았던 것이다. 아까 언데드들을 일거에 소멸시켜 버린 그자 말이다.

그런데 기이하게도 쿠드나스는 그자의 존재를 감지할 수 없었다. 그는 라우벤과 마갑 전사들이 전투를 벌이는 동안 뒤쪽에 있는 인간들과 엘프들을 면밀히 살펴봤지만 그중에서 그를 두렵게 할 만한 존재는 없었다.

물론 다소 특이한 녀석은 하나 보였다. 마물로서는 드물게 매우 강력한 마력을 가진 녀석 말이다. 녀석은 언뜻 봐도 중급 마족 정도나 가질 수 있는 마력을 가지고 있었다. 그러나 그래 봤자 마물일 뿐, 그에게는 가소롭기만 했다.

그렇다면 아까 쿠드나스의 마력이 깃든 언데드들을 소멸시킨 자는 대체 누구인가? 쿠드나스가 아무리 살펴봐도 주위에 그럴 만한 능력을 가진 이는 보이지 않았다.

'혹시 저놈인가?'

쿠드나스는 인간들 중에 키가 엘프보다 크고 붉은 홍채를 가진 한 미청년을 바라봤다. 그로부터 뭔가 특이한 느낌은 들었지만 마기는 한 줌도 느껴지지 않았다. 아무리 봐도 그저 평범한 실력을 지닌 약골 검사에 불과했다.

'저 약골 놈은 아니야. 그럼 대체 아까 그놈은 어디 있는 건가?'

바로 그것이 쿠드나스를 불안하게 만들었다. 그가 존재조차 감지할 수 없는 자라면, 어쩌면 그로서는 감당할 수 없는 무서운 능력을 지닌 자일 수도 있다는 말이었다. 그래서 애써 키워 놓은 리자드맨 각성자들이 떼로 죽임을 당하고 있는 상황에서도 섣불리 자신의 존재를 드러낼 수 없었던 것이다.

그러나 이러다간 각성자들이 모조리 죽게 생겼다. 조급해진 쿠드나스는 결국 자신이 직접 나서기로 했다.

츠으읏!

그사이 라우벤에 의해 박살 난 마갑주들이 다시 복원되었고, 결계 속에서 대기하고 있던 각성자들이 즉각 마갑 전사로 화했다.

츠츠츠츠!

그런데 무려 6로빗이 넘는 거대한 키를 가진 마갑 전사들 사이에 유독 눈에 띄는 존재가 하나 나타났으니.

"크크크크크! 애송이 놈! 네놈은 이제 그만 죽어 줘야겠다."

다른 네 마갑 전사와 달리 그의 키는 8로빗이나 되었을 뿐만 아니라 그로부터 풍겨나는 기세는 라우벤조차 숨을 쉬기 힘들 정도로 가공할 만한 것이었다.

'헉! 저놈은 또 뭐냐?'

라우벤은 가슴이 철렁 내려앉는 기분이었다. 마치 몇 년 전 처음 샤크를 보았을 때처럼 절망감이 느껴지는 상대가 나타났기 때문이다. 대검을 손에 쥔 그의 팔이 떨렸다.

초거대 마갑 전사 237

'제기랄! 어디서 저런 끔찍한 놈이!'

꼭 부딪쳐 봐야 알 수 있는 것이 아니다. 싸워 보지 않고도 충분히 알 수 있었다. 상대가 그저 악으로 깡으로 버틴다고 당해 낼 수 있는 존재가 아님을 직감하자 라우벤은 인상을 굳힌 채 고개를 돌려 샤크가 있는 쪽을 바라봤다.

"로드! 저놈은 제가 상대할 놈이 아닙니다. 아무래도 로드께서 직접 나서시는 것이……."

"그래도 한번 싸워 봐라. 죽을 고비를 넘기다 보면 얻는 게 있을 테니까."

라우벤의 인상이 구겨졌다. 죽을 고비를 넘기라니. 말이 쉽지, 그게 어디 쉬운 일인가?

"그러다 정말 죽을 수도 있지 않겠습니까?"

"싸우다 죽는 것이야말로 무인의 영광이라 할 수 있다. 죽음을 두려워하지 마라."

무인의 영광? 이 무슨 개뿔 같은 소리인가! 라우벤은 결단코 이길 수 없는 강적을 상대로 개죽음을 당하고 싶진 않았다. 그러나 어쩌겠는가? 로드가 싸우라고 하는데 말이다.

라우벤은 샤크의 말에 결코 토를 달아서는 안 된다는 것을 잘 알고 있었다. 그가 싸우라고 하면 싸워야 한다. 막말로 까라면 까야 하는 것이다. 그렇지 않았다간 저 정체불명의 괴물에게 죽기 전에 샤크에게 먼저 죽을 수도 있었다.

'으득! 젠장! 오늘 정말 여기서 뼈를 묻는 건 아닌지 모르겠다.'

라우벤은 이를 악물고 마갑 전사를 노려봤다. 무려 8로빗이나 되는 초거대 마갑 전사! 놈이 등장하자 다른 마갑 전사들은 뒤로 빠진 채 키득거리고만 있었다. 그들은 이제 라우벤의 최후가 도래했음을 확신하고 있는 듯 여유로워 보였다.

쿵! 쿵! 쿵!

초거대 마갑 전사는 물론 쿠드나스였다. 그는 라우벤을 향해 성큼 걸어오며 말했다.

"쿠흐흐흐! 어디 재롱을 피워 봐라, 애송이 놈!"

특이하게 다른 리자드맨 마갑 전사들과 달리 그가 하는 말은 라우벤도 알아들을 수 있었다. 자체로 통역이 가능하게 하는 특별한 마법이라도 펼친 모양이었다. 라우벤은 침을 퉤 뱉었다.

"재롱이라? 네 눈엔 내가 재롱이나 피우는 애새끼로 보인다는 말이냐?"

"쿠흐흐! 이를 말이냐? 내 앞에서 네 녀석은 애들만도 못한 존재일 뿐이야. 너는 무슨 수를 써도 나를 이길 수 없을 것이다."

"닥쳐라! 그거야 두고 봐야 알 일."

라우벤의 두 눈에서 섬광이 번뜩이는가 싶더니 그대로 빛살처럼 쿠드나스를 향해 돌진했다.

스슷! 스스스스!

동시에 붉은 광채로 뒤덮인 그의 대검이 무수한 검영을 만들며 그야말로 폭풍처럼 난무하기 시작했다.

파파파! 스파파파팟—

천마구검식의 마지막 초식!

이것을 펼치면 체내의 모든 마나가 한 번에 소진되어 버리기에 절체절명의 위기 상황에서나 펼쳐야 했다. 따라서 그로서는 처음 펼쳐 보는 것이었다. 그러나 그가 가진 최강의 필살기를 펼치면서도 승리를 확신하지 못했으니, 상대는 그만큼 강했다.

물론 그래도 한편으로 약간의 기대감이 없지는 않았다. 비록 이길 수는 없을지라도 상대를 꽤 당황하게 만들거나, 혹은 부상 정도라도 입힐 수 있지 않을까 하는 기대감 말이다.

하지만 그것은 어디까지나 망상이었다. 그가 혼신의 힘을 다해 날린 최후의 절초는 쿠드나스가 슬쩍 몸을 비틀자 애꿎은 허공만 갈랐을 뿐이다. 동시에 쿠드나스가 번쩍 내리친 거검이 라우벤의 정수리를 향해 날아들었다.

파앗!

이대로 있으면 그대로 반쪽이 날 것이다. 그러나 라우벤은 피할 엄두도 내지 못했다. 번개가 떨어지는 것보다 더욱 빠르게 느껴지는 거검의 속도 때문이었다.

그런데 그토록 빠르게 날아오는 거검을 어떻게 그의 두 눈은 볼 수 있는 것일까? 그것은 실로 기이한 일이었다. 생사가 갈리는 그 촌음의 시간 속에서 마치 시간이 정지한 듯 그는 거검의 궤적을 살피고 있었다.

파아아아아-

이글거리는 오러의 광채에 휩싸인 거검은 공간을 반쪽으로 가르며 날아들었다. 라우벤은 이제 그 거검이 몸에 작렬하면 자신이 형체도 남기지 않고 부서져 버릴 것임을 직감했다.

'피, 피할 수는 없는 건가?'

할 수만 있다면 피하고 싶었다. 그러나 몸이 움직여지지 않았다. 혹시 마나가 소진된 것 때문일까? 아무리 그렇다 해도 몸을 움직이지 못한다는 것은 말이 되지 않았다.

'으윽! 이대로 죽는구나.'

라우벤의 표정은 절망으로 가득했다. 이상하게 그의 시야는 자유로운 데 반해 그의 몸은 만년 거암에 눌리기라도 한 듯 꼼짝도 할 수 없었다. 이대로라면 그는 자신의 머리가 거검에 박혀 쪼개지는 그 순간까지 거검의 궤적을 지켜보고만 있어야 할 것이다.

『피해라.』

바로 그때, 그의 귓전을 울리는 익숙한 음성이 있었다. 다름 아닌 샤크였다. 그러나 라우벤은 대답을 할 수 없었다. 지금 그는 마치 정지된 시간 속에서 두 눈만 자유로운 상태와 같았기 때문이다.

파아아아아-

공간을 두 쪽으로 가르며 날아드는 거검은 거의 지척에 이르러 있었다. 그런데 피하라니, 여기서 어떻게 피하라는 건가? 온몸이 석상처럼 굳어진 듯 꼼짝도 할 수 없는데 말이다.

『스스로를 구속하지 마라. 시야가 자유롭다면 몸도 자유로울 수 있다.』

샤크의 음성이 다시 들려왔다. 순간 라우벤의 두 눈에 이채가 일었다.

'……!'

어둠 속에서 광명이 비치는 것 같은 깨달음! 그렇다. 왜 그렇게 간단한 걸 몰랐을까? 시야가 자유롭다면 몸도 자유로울 수 있다는 사실을.

파아아앗!

바로 그 순간, 쿠드나스의 거검이 라우벤의 몸을 반쪽으로 갈라 버렸다. 아니, 가른 것처럼 보였다. 그야말로 기적적으로 라우벤은 옆으로 이동해 거검을 피할 수 있었다.

이 모든 일은 순식간에 벌어진 일이었다. 멀리서 그 광경을 지켜보던 롤란드 등에게는 사실 라우벤을 향해 떨어져 내리던 거검의 움직임조차 보이지 않았으니까.

즉, 샤크를 제외한 다른 이들은 그저 눈부신 빛이 번쩍번쩍하는 것 외에는 아무것도 볼 수 없었다. 범인의 시각으로 인지할 수 없는 빠른 시간의 움직임 속에서 라우벤은 자신이 하나의 새로운 기적을 만들어 냈음을 자각했다.

'이럴 수가! 피했다.'

라우벤은 가슴이 벅찼다. 단순히 마갑 전사의 거검을 피한 것 때문에 가슴이 벅찬 것이 아니었다. 그저 그것이 우연일 뿐이고, 두 번 다시 그런 일이 벌어지지 않는다면 별다른 의미가 없기 때문이다.

그러나 그는 이 순간 자신이 하나의 한계를 돌파했음을 깨달았다. 눈이 자유롭고 몸도 자유로운 단계에 이르렀음을.

과연 그런 것일까? 그것은 곧바로 증명되었다. 쿠드나스가 다시 휘두른 거검을 그가 또 피해 낸 것이다. 빛살처럼 날아드는 거검의 궤적이 시야에 감지되는 순간, 그의 몸은 무의식적으로 움직여 그 궤적에서 벗어나 버렸다.

"크으으의! 이런 말도 안 되는!"

그와 같은 상황이 또 펼쳐지자 쿠드나스는 두 눈을 부릅뜨고 말았다. 그에게 있어 라우벤이란 인간은 애초부터 안중에도 없었다. 다만, 리자드맨 각성자들의 희생을 줄이기 위해 부득불 직접 나섰을 뿐이 아니었던가?

본래라면 단 일격에 놈을 반쪽 냈어야 정상이었다. 그런데 피하다니. 한 번은 우연이라고 치자. 물론 그런 우연이란 절대 벌어질 수 없지만 그렇게 이해할 수밖에 없는 상황이니까.

그런데 라우벤은 두 번 연이어 피해 냈다. 그것도 우연인 것일까? 말도 안 되는 소리였다. 그제야 쿠드나스는 라우벤이 그 짧은 시간 동안 하나의 한계를 돌파했음을 깨닫고 어이가 없다 못해 기가 막혔다.

Chapter 11

정체를 드러내다

'으득! 절대 살려 둬서는 안 될 놈이군.'

쿠드나스는 라우벤을 사납게 노려봤다. 물론 애초부터 살려 줄 생각은 조금도 없었지만 지금은 더더욱 빨리 죽여 없애 버려야겠다는 생각이 들었다. 만에 하나 라우벤이 살아남아 지금보다 강해진다면 매우 골치 아파질 테니까.

"쿠흐흐흐! 죽어랏!"

결정을 내렸으면 지체할 필요가 없으리라. 곧바로 쿠드나스의 거검이 상공에서 수십 개의 검영을 그리며 라우벤을 향해 소나기처럼 쏟아져 내렸다.

라우벤은 힐끗 고개를 들어 그것들을 쳐다봤다. 눈부신

오러의 광채들이 떨어져 내리는 장면은 아름답기조차 했지만 저것들에 적중되는 순간 그의 몸은 흔적조차 찾을 수 없게 될 것이다.

사실 라우벤은 이제 꼼짝도 할 수 없는 상황이었다. 눈과 몸이 자유로워진 상태였지만 이미 기력이 완전히 소진되어 버린 탓이었다. 아까는 최후의 힘을 짜내서 간신히 피했을 뿐, 이제는 서 있을 기운조차 없었다.

따라서 이대로라면 그는 영락없이 죽을 판이었다. 그런데 그의 입가에 슬쩍 미소가 떠오르는 이유는 무엇일까?

'큭! 뭐, 별거 아니었군.'

그가 웃는 이유는 실로 가공할 만한 쿠드나스의 공격을 얼마든지 피할 수 있을 것 같아서였다. 몸만 멀쩡했다면 말이다.

물론 이 공격을 피한다고 해서 쿠드나스를 이길 수 있다는 생각은 들지 않았다. 그래도 예전 같으면 도저히 피해낼 수 없는 불가능의 영역에 있던 부분이 지금은 가능의 영역으로 바뀌었다는 사실이 그를 기쁘게 했다.

'나중에 두고 보자, 이놈.'

그는 쿠드나스의 검격이 몸에 미치기도 전에 더 이상 버티지 못하고 맥없이 쓰러져 버렸다. 바닥으로 널브러진 그의 몸을 향해 쿠드나스의 거검이 형성한 검영들이 무더기로 쏟아져 내렸다.

파파파팟-

이대로라면 라우벤의 몸은 고기 썰리듯 썰릴 판! 동시에 거검에 깃든 오러의 기운에 의해 그의 몸은 가루로 변해 흩어져 버릴 것이다.

그러나 샤크가 그것을 가만히 지켜보고 있을 리 없었다. 지금껏 그가 나서지 않았던 이유는 라우벤에게 한계를 초월할 수 있는 기회를 주기 위함이었다.

이런 기회라는 것이 흔히 오는 것이 아니다. 어쩌면 평생토록 오지 않을 수도 있다. 물론 기회가 왔을 때 그것을 자신의 깨달음으로 체득시키는 것은 전적으로 본인의 영역이겠지만. 다행히 라우벤이 한계를 돌파하는 행운을 얻은 듯하여 샤크는 흡족했다.

슷-

수백 로빗 바깥에 있던 샤크의 몸이 순식간에 그 거리를 주파해 라우벤의 앞에 멈춰 섰다. 동시에 상공에서 쏟아져 내리던 거검들의 공세가 흔적도 없이 사라져 버렸다.

"……!"

쿠드나스는 경악에 잠겼다. 그로서는 도저히 상상할 수 없는 일이 발생했기 때문이다. 하찮은 인간 따위가 자신의 공세를 소멸시켜 버리다니. 피한 것도 아니고 소멸시켜 버리다니. 이것이 실로 가능한 일이란 말인가?

"너는 누구냐?"

"샤크."

"샤크?"

"내 이름을 묻지 않았나?"

순간 쿠드나스는 어이없다는 표정을 지었다. 누가 이름이 궁금하다고 했던가? 대체 너의 정체가 무엇이냐고 물은 것이었다. 하찮은 인간 따위가 어떻게 방금 전에 보여 준 불가사의한 능력을 발휘할 수 있었는지 말이다.

"나는 네놈의 정체를 물었다. 인간이나 드래곤은 아닌 듯한데, 마족도 아닌 것 같고. 너는 대체 뭐냐? 혹시 로아탄인가?"

쿠드나스는 혼란스러운 표정으로 물었다. 샤크가 경악할 만한 능력을 눈앞에서 펼쳤음에도 여전히 그는 샤크의 정체를 알아낼 수가 없었다. 그는 여전히 그냥 평범한 인간처럼 보일 뿐이었으니까.

그때 샤크가 잠시 쿠드나스의 눈빛을 살피더니 말했다.

"나의 정체가 궁금한가? 그렇다면 너를 죽이기 전에 살짝 알려 줄 순 있다."

"크큭! 나를 죽일 수 있다 생각하느냐?"

"물론이지. 본래라면 네놈이 과거에 무슨 짓을 했든 일단 굴복시켜 부하로 삼을까 하는 생각도 있었다. 일단 내 밑에 있으면 더 이상 나쁜 짓을 할 순 없을 테니 말이야."

샤크는 기이한 미소를 지으며 말을 이었다.

"그러나 네놈의 눈빛을 보니 결단코 내게 충성을 바칠 놈이 아니야. 살려 두면 반드시 날 배신할 놈이라는 것이지. 따라서 너는 오늘 이 자리에서 죽는다."

쿠드나스가 큭큭거리며 웃었다.

"건방진 놈! 몇 가지 잔재주를 가지고 있다고 기고만장하고 있구나. 네놈이야말로 나의 정체를 알게 되면 경악하게 될 것이다."

"후후, 그러느냐? 어디 내가 놀라도록 정체를 드러내 봐라."

"크큭! 과연 그럴 만한 상황이 올지 모르겠군. 죽엇!"

쿠드나스의 눈빛이 번쩍이더니 그대로 샤크를 향해 거검을 휘둘렀다.

쉬걱!

빛살처럼 날아든 그의 검격은 샤크의 몸을 수직으로 갈라 버렸다. 그런데 샤크의 몸은 쪼개지지 않았다. 검이 그의 몸을 가르고 지나갔는데 어째서 아무 일도 없었던 듯 멀쩡할 수 있는 것일까?

"고작 이건가?"

"닥쳐라!"

쿠드나스는 신경질적으로 다시 거검을 휘둘렀다. 거검에서 무수한 검영이 생성되어 샤크를 향해 날아들었지만 결과는 동일했다. 샤크는 그저 그 자리에 담담히 서 있었는데도 검영들이 빈 공간을 베었을 뿐이다.

'으, 이럴 수가!'

쿠드나스는 속으로 무척 놀랐다. 조금 전 그저 아무렇게나 검을 휘두른 것 같았지만 실은 그가 가진 전력을 쏟아부었기에 인근의 공간을 찢어 버릴 정도의 가공할 위력이 실려 있었다.

그런데 그것을 아무렇지도 않게 피해 버리다니. 대체 어떻게 이런 일이 벌어질 수 있을까?

쿠드나스는 혼란스러웠다. 그는 샤크가 그의 시각으로도 감지하지 못할 만큼 빠른 속도로 그의 검을 피했다가 다시 본래의 자리로 돌아왔음을 추측하고는 인상을 확 찌푸렸다.

'위험한 놈이다. 하필이면 이런 엄청난 놈이 이곳에 올 줄이야.'

쿠드나스는 갈등했다. 샤크의 능력이 불가사의할 정도로 강하긴 했지만 그가 작정하면 얼마든지 이길 수 있었다. 문제는 그렇게 되면 자신에게도 매우 위험한 일이 벌어질 수 있다는 것.

'크으! 어떤 상황에서도 광전사의 불꽃을 지켜 낼 수 있기 전에는 가급적 정체를 드러내려 하지 않았건만.'

그렇지 않을 경우, 광전사의 불꽃을 빼앗길 수도 있었다. 환야에는 그가 감당하지 못할 만큼의 강자들이 무수히 많았기 때문이다.

그러나 그건 나중의 일이었다. 지금 이대로라면 자칫 그의 생명이 위태로울 수도 있었다. 샤크는 그만큼 위험한 존재인 것이다.

그때 샤크가 차갑게 웃으며 말했다.

"이게 다인가? 그렇다면 내가 공격을 하도록 하지."

곧바로 샤크의 손에 검이 하나 쥐어졌다. 그 순간 흠칫 놀란 쿠드나스가 상공으로 날아올랐다. 가히 까마득한 곳까지 날아오른 그는 샤크를 내려다보며 광소를 흘렸다.

"크카카캇! 건방진 놈. 네놈으로 인해 나의 계획이 틀어지게 되었구나. 그 대가로 네게 처절한 죽음을 선사하마."

그 말과 함께 돌연 하늘이 어두워졌다. 해가 사라진 것도 아닌데 사방이 암흑으로 변해 버렸다. 상공 높은 곳에 둥둥 떠 있는 푸른빛의 마갑주에서 발산되는 음침한 빛만 보일 뿐이었다.

'결계가 펼쳐지고 있군.'

샤크는 안색을 굳혔다. 어느 정도 예상은 했지만 생각보다 심각한 상황이었다. 그는 힐끗 고개를 돌려 멀리서 불안한 표정으로 떨고 있는 롤란드 등을 향해 손을 휘저었다.

순간 롤란드 등은 모두 결계 바깥으로 튕겨 나갔다. 쓰러져 있는 라우벤도 마찬가지였다.

"크라케, 내가 놈을 손보는 동안 너는 저들을 보호해라."

"예, 로드."

결계의 틈새가 닫히기 직전, 크라케도 간신히 결계를 빠져나갔다. 이로써 샤크는 갑자기 생겨난 아공간의 암흑 결계 속에서 쿠드나스와 단둘만 남게 되었다.

그리고 그 순간, 볼 수 있었다. 상공에서 푸른빛을 발산하던 마갑주가 산산조각 남과 동시에 드러난 실체를.

쿠우우우우!

언뜻 봐도 신장이 30로빗은 넘어 보이는 거대한 리자드맨의 형상! 그런데 단순히 그의 신장이 늘어난 것 때문에 놀란 것은 아니었다. 그의 어깨에서 수평으로 쫙 펴진 채 짙푸른 빛을 발산하고 있는 가공할 실체를 보았기 때문이다.

그것은 다름 아닌 날개였다. 물론 단순한 날개가 아니라 가공할 선천마기의 기운이 내재된 마왕의 날개 말이다.

'놈이 날개를 봉인한 소마왕이었다니!'

샤크 역시 깜짝 놀라고 말았다. 그는 쿠드나스로부터 알 수 없는 꺼림칙함을 느꼈다. 다만, 그 꺼림칙함의 실체를 알 수 없어 의문을 느끼던 차였다. 그런데 이제야 그 꺼림칙한 느낌이 왜 들었는지 알 수 있었다. 쿠드나스가 날개를 봉인한 채 때를 기다리던 소마왕이었으니 충분히 그럴 만했다.

감춰 두었던 날개의 봉인을 푼 이상 그는 이제 마왕으로서의 자신을 당당하게 선포한 것이나 마찬가지였다. 어쩌면 클라우드 대륙과 가까운 세계에 살고 있는 다른 마왕들이나 용자들은 지금 이 순간 새로운 마왕이 탄생했음을 감지했을지도 모르는 일이었다.

이제 환야의 세계를 방랑하던 수많은 마족이나 마물들은 그에게 충성을 바치기 위해 속속 찾아올 것이고, 반대로 용자들은 그를 죽이기 위해 찾아올 것이다.

"크카카카캇! 나 쿠드나스 로디카로프! 오늘로 날개의 봉인을 풀었도다. 하찮은 존재여! 네놈으로 인해 나의 계획이 틀어졌지만 후회 따위는 없다."

쿠드나스가 무시무시한 기세를 풍기며 말을 하는데도 샤크는 별다른 반응이 없었다. 그러자 쿠드나스는 내심 어이가 없었다. 놈은 어째서 놀라지 않는 것인가? 그는 아무래도 샤크가 무식해서 자신이 마왕임을 알아보지 못한다고 생각했다. 날개의 봉인을 풀었다면 응당 알아봐야 할 것을.

"이제 나의 정체를 밝혀 주마. 나는 위대한 마왕 쿠드나스 로디카로프이다. 오랜 세월 동안 이날을 기다리며 인내해 왔지. 이제 네놈은 나의 첫 번째 제물이 될 것이며, 클라우드 대륙은 나 쿠드나스의 첫 번째 마계이자 제단이 될 것이다. 이 대륙을 피로 씻어 나의 신성한 제단으로 만들리라. 크카카카캇!"

마왕 쿠드나스는 이제 샤크가 두려워 떨 것을 믿어 의심치 않았다. 그러나 샤크는 뭔가 씁쓸해하는 표정을 짓더니 어깨를 으쓱하며 말했다.

"그것참 안타깝군. 용케 지금껏 정체를 숨기고 잘 살아왔지만, 하필 내 앞에서 날개의 봉인을 푼 것이 문제였다. 하긴, 내가 없었어도 그따위 어설픈 힘을 가진 채 날개의 봉인을 풀었으니 오래 버티지는 못했겠지만."

"……!"

쿠드나스가 두 눈을 부릅떴다. 자신이 마왕인 것을 밝혔는데도 샤크가 놀라기는커녕 오히려 안쓰럽다는 표정을 짓는 것도 황당했다. 그런데 믿을 수 없게도 샤크는 마치 소마왕으로서의 운명에 대해 아주 잘 알고 있는 것처럼 말하고 있었다.

"너…… 너는 대체 누구냐? 혹시 용자냐?"

불현듯 한 가지 불길한 느낌이 엄습해 온 쿠드나스가 다급히 물었다. 그럴 리는 없다 생각하고 물었지만 왠지 묻고 나니 분명한 듯했다.

'그렇군. 저놈은 정체를 숨긴 용자 놈이 틀림없어. 그렇지 않고서야 마왕인 나를 보고도 두려워하지 않을 리 없지. 으득! 엉큼한 클라우드 대륙 놈들 같으니. 언제 용자를 키워 냈다는 말인가?'

샤크가 아무런 긍정도 하지 않았는데 쿠드나스는 이제 그를 클라우드 대륙의 용자라 확신했다. 하지만 용자라 해도 떨 것 없었다. 환야의 세계에 존재하는 수많은 용자들 중에서 마왕을 두렵게 할 만큼 강한 용자들은 그리 많지 않았기 때문이다.

"크카카카카카! 하찮은 풋내기 용자 놈! 네놈이 용케 나를 제거하러 왔다만, 그것이 얼마나 어리석은 생각이었는지 알게 될 것이다. 클라우드 대륙에 용자 따위는 필요 없다. 나, 마왕 쿠드나스가 통치하게 될 테니까."

그 말이 끝나는 순간, 쿠드나스의 앞에 푸른 불꽃이 나타났다. 마치 폭풍처럼 회오리치고 있는 그 불꽃으로부터 미증유의 신비한 힘이 퍼져 나왔다.

화르르! 화르르르륵-!

'저것은?'

샤크의 두 눈이 커졌다. 그는 그 불꽃이 바로 일루전 트레저 중 하나인 광전사의 불꽃임을 짐작했다. 역시나 크라케의 예상대로 이곳에 그것이 존재하고 있었던 것이다.

"크큭! 보았느냐? 이것이 바로 광전사의 불꽃이지. 그로 인해 나는 본래보다 최대 다섯 배 이상 강력한 힘을 발휘할 수 있다. 이런 내게 너 따위 풋내기 용자가 상대나 될 것이라 생각하느냐?"

쿠드나스는 득의양양한 표정으로 말했다. 하지만 샤크는 시큰둥한 눈빛으로 대꾸할 뿐이었다.

"다섯 배라……. 대단하긴 하지만 본래 능력이 형편없으면 그따위가 무슨 소용이냐?"

"크큭! 건방진! 정말로 네놈은 주둥이만 살아 있는 놈이로구나. 혹시 용자가 된 것도 그 주둥이를 잘 놀려서 된 것은 아니냐?"

"헛소리하지 말고 어서 덤벼라. 내가 공격을 시작하면 너는 손도 못 써보고 죽게 된다."

"무, 무엇이!"

"쯧! 나라면 입 닥치고 윙 블레이드부터 펼쳤을 것이다. 너는 그 좋은 것도 못 써보고 죽고 싶은가 보군. 그렇다면 할 수 없지."

그 말과 함께 샤크의 신형이 그 자리에서 사라졌다. 그리고 쿠드나스의 앞쪽에 번쩍 나타났다. 순간 흠칫 놀란 쿠드나스가 날개를 쫙 편 채 회전했다.

휘리리리릭!

드디어 마왕의 윙 블레이드가 펼쳐졌다. 이 순간 마왕은 하나의 거대한 검으로 변한 것이나 마찬가지였다.

윙 블레이드를 그저 마왕이 날개에 힘을 주고 단순히 돌진하거나 회전하는 것으로만 생각하는 건 심히 어이없는 생각이다. 검법의 경지 중에 검신합일(劍身合一)과 어검술(御劍術)이란 것이 존재하는데, 마왕이 윙 블레이드를 펼치게 되면 그 두 개를 합친 것에 비할 수 없이 강력한 위력을 발휘하게 된다. 그의 몸 자체가 단단한 검으로 변해 움직이니 감히 무엇이 그것을 막을 수 있겠는가?

그것은 그랜드 마스터의 경지에 이른 검사가 생성시킨 인텐스 오러 블레이드라 해도 막을 수 없을 만큼 강했다.

휘리리리릭- 파파파팟!

마왕 쿠드나스는 자신이 그동안 쌓아 온 모든 선천지기를 두 날개에 집중시킨 후 샤크를 향해 전력을 다해 공격을 가했다.

파파팟- 스파파파팟-

그가 지나갈 때마다 공간에 섬뜩한 푸른빛의 사선이 생

겨났다. 일순 수백 개 이상의 사선들이 거미줄처럼 생겨나 공간을 갈기갈기 찢어 버렸다.

'과연 가공할 만하군.'

샤크는 침착하게 윙 블레이드를 피해 냈다.

피할 공간이 도무지 없어 보이는데 그는 어떻게 무사한 것일까?

그것은 그가 이미 공간의 한계를 초월했기 때문이다. 다시 말해, 윙 블레이드가 아무리 촘촘한 사선들을 그리며 날아온다 해도 그는 아주 미세한 공간의 틈만 있으면 얼마든지 피할 수 있었다.

물론 그것은 모든 상황에 적용되진 않는다. 철저히 실력의 격차에 의해 좌우되기 때문이다.

이를테면 샤크와 거의 비슷한 능력을 가진 마왕이 윙 블레이드를 펼쳐 온다면 샤크는 스스로 날개의 봉인을 풀고 윙 블레이드로 맞서지 않는 한 그를 당해 내기 힘들다는 뜻이었다.

다시 말해, 현재 샤크가 마왕 쿠드나스의 윙 블레이드를 마치 산보하듯 가볍게 피해 낼 수 있는 것은 그와 쿠드나스의 실력 격차가 엄청나게 벌어져 있기 때문에 가능한 것이었다.

쿠드나스가 아무리 광전사의 불꽃을 통해 다섯 배 이상

강해졌다 해도, 이미 그에 비할 수 없이, 가히 십여 단계 이상 상위의 경지에 이르러 있는 샤크를 당해 낸다는 것은 무리였다.

샤크는 보통의 소마왕이 아니다. 그는 전생에서 공전절후의 초극 고수였다. 그런 그가 아주 특별한 방법을 통해 수련을 한 데다 최근에는 이미 전생의 수준을 돌파해 버린 터였으니 애초부터 쿠드나스에게는 승산 자체가 없었다는 게 맞았다.

"마왕 쿠드나스! 이만하면 네게 나름의 배려를 했다고 생각한다. 이제 그만 사라져라."

샤크의 오른손에 있던 검이 빛을 뿌리는 순간 주변에 무수한 사선을 만들며 맹렬히 회전하던 쿠드나스의 움직임이 돌연 멈췄다. 그는 무참하게 일그러진 표정으로 샤크를 노려봤다.

"크득! 너, 너는 대체 누구냐?"

마지막 가는 길에 같은 마왕에게 죽었다는 사실을 알게 되면 그는 더욱 비참함을 느낄 것이다. 그래서 샤크는 그냥 그의 상상에 맡기기로 했다.

"네가 생각하는 대로다."

"크으으으! 여, 역시 용자였군! 망할!"

쿠드나스는 그 말을 끝으로 목을 아래로 꺾었다. 그의 몸

정체를 드러내다

이 그대로 먼지처럼 부서져 버렸다. 동시에 그의 마갑주들도 모두 부서졌다.

파스스스-!

오랜 세월, 진정한 마왕이 되기 위해 스스로의 날개를 봉인하고 기회를 노려 왔던 소마왕 쿠드나스. 그는 날개의 봉인을 풀자마자 샤크에게 죽임을 당했다.

이렇게 환야의 세계에서 마왕 하나가 사라진 순간이었다. 동시에 그의 몸에 귀속되어 있던 수많은 영혼들이 샤크에게 귀속되었다. 그들은 샤크의 몸에 달라붙었고, 곧바로 투명하게 변했다. 아마 언제고 샤크가 날개의 봉인을 풀고 마왕의 권능을 획득할 때 풀려나게 될 것이다.

'잘 가라, 쿠드나스. 그렇게 사라지는 것이 네게 주어진 운명이었다.'

샤크는 쿠드나스를 죽였지만 한편으로 그에게 연민을 느꼈다. 그 역시 날개를 봉인한 채 살고 있는 처지이다 보니 비슷한 삶을 살아왔던 다른 소마왕에게 일종의 동병상련의 감정이 생겨난 것일까?

하긴, 누군들 마왕으로 태어나고 싶어서 태어났겠는가? 오우거로 태어나면 오우거로 살게 되고, 엘프로 태어나면 엘프로 살게 되듯 쿠드나스는 소마왕으로 태어났으니 응당 그의 삶에 충실했을 것이다.

다만 샤크는 마왕이되 마왕으로 살 수 없으며, 오히려 그들을 제거해야 할 운명을 스스로 만들었을 뿐이었다.

특별한 이유는 없다. 굳이 따지자면 마왕의 끔찍한 운명에 구속되고 싶지 않기 때문이다.

따라서 어쩌면 샤크는 다른 마왕들에게 천고의 원수와 같은 존재일 것이다. 그래도 어쩔 수 없는 일. 마왕들에게 인정받는 마왕이고 싶은 생각은 결단코 없었다. 용자들에게도 마찬가지.

'오직 스스로의 길을 가리라. 누구에게 무슨 욕과 저주를 듣는다 해도, 나는 나만의 마왕지로(魔王之路)를 추구하리라.'

이것이 샤크의 다짐이었다.

그렇게 잠시 상념에 잠겨 있던 샤크를 향해 푸른색의 불꽃이 날아들었다.

화르르르-!

강렬한 열기가 발산되는 불꽃이었지만 기이하게도 뜨겁지 않았다. 마왕 쿠드나스에게 귀속되어 있던 일루전 트레저, 광전사의 불꽃이 그가 죽음으로 인해 샤크에게 귀속된 것이었다.

이제 샤크가 스스로의 의지로 그것을 포기하거나, 혹은 그가 죽지 않는 한 그것은 영구히 그에게 귀속될 것이다.

특별히 누군가가 알려 주지 않았지만 샤크는 자연스레 그와 같은 사실을 알게 되었다.

광전사의 불꽃이 가진 불가사의한 힘! 크라케는 이것이 환야의 세계에 존재하는 수많은 일루전 트레저 중에서 가장 강력한 것 중 하나라 했다. 어쩌면 으뜸일 수도 있다고.

하긴, 비록 일시적이지만 최대 다섯 배로 강해질 수 있다면 그럴 만하리라. 그 순간 샤크는 무적이나 마찬가지일 것이다.

하지만 샤크는 광전사의 불꽃을 얻는 순간 깨달았다. 몇 배의 힘을 사용할 수 있는 대신 매번 그만한 대가를 치러야 한다는 것을. 그것도 매우 끔찍한 대가를.

'그러니까 인간의 영혼을 제물로 바쳐야 한다 이건가?'

이는 몽환의 우물을 통해 인간들의 꿈을 소환하고, 그들의 영혼을 제물로 바침으로써 해당 세계를 왕복할 수 있는 것과 흡사했다.

그러나 샤크가 어찌 자신의 이익을 위해 인간의 영혼을 소모품으로 사용할 수 있겠는가? 광전사의 불꽃은 샤크에게 그리 탐탁지 않은 보물일 뿐이었다. 뭔가 다른 용도로 사용한다면 모를까?

어쨌든 이것을 샤크가 소유하게 되었음을 다른 마왕들이 알게 되면 여러모로 귀찮아질 것이다. 물론 그런 일이 벌어질 리는 없었다. 샤크가 바보가 아닌 한 자신에게 이러한 보물이 있음을 알릴 이유가 없으니까.

그사이 마왕 쿠드나스가 만들었던 어둠의 결계는 사라지고 샤크는 전혀 다른 결계에 들어와 있었다. 사방이 아주 깨끗한 공간. 그 공간의 중심에 푸른 불꽃만이 찬란하게 타오르고 있었다.

이곳이 바로 본래 광전사의 불꽃이 감춰져 있던 천연 결계였다. 마치 이전 마물 숲에서 몽환의 우물이 자리하고 있던 결계와 흡사한 공간이었다.

"크라케!"

"예, 로드."

샤크는 이 결계 속으로 크라케만 진입시켰다. 크라케는 기다렸다는 듯 결계 안으로 들어왔다. 그리고 결계의 중심에서 타오르는 신비한 푸른 불꽃을 바라보고는 탄성을 질렀다.

"오! 저것이 바로 광전사의 불꽃이군요. 일루전 트레저 중 가히 최고라 할 수 있는 보물을 얻으신 것을 진심으로 축하드립니다."

"글쎄! 과연 축하할 만한 일인지는 모르겠구나. 그보다 일루전 트레저를 얻게 되면 마물 숲으로 이동이 가능하다 하지 않았느냐?"

"물론입니다, 로드. 일루전 트레저끼리는 서로 통하는 바가 있다 들었습니다. 이제 제가 소유하고 있던 일루전 트레저인 몽환의 우물을 로드께 바치겠습니다."

"굳이 그럴 것까지는 없어."

"아닙니다. 저는 당시 그저 운이 좋아 우연히 그것을 얻었을 뿐, 그것을 지킬 힘이 없습니다. 그리고 어차피 저는 로드의 영원한 권속이니 로드께서 그것을 소유하시는 것이 저의 기쁨이옵니다."

크라케의 말에 샤크는 입가에 기이한 미소를 띠었다.

"나의 영원한 권속이라? 제법 잔머리를 굴리는군."

그 말에 크라케는 몸을 떨었다. 사실 그는 샤크가 일시적으로 필요에 의해 그를 부하로 삼았을 뿐임을 알고 있었다. 따라서 그의 이용 가치가 사라지면 샤크는 가차 없이 그를 죽여 없애 버릴 것이다.

크라케는 그러한 상황이 도래할 것을 우려하여 방금 전 일루전 트레저인 몽환의 우물을 자발적으로 샤크에게 바치며 그의 영원한 권속이라는 말을 했다. 샤크의 눈치를 보며 말이다.

그때 샤크가 크라케를 뚫어져라 노려보며 말했다.

"크라케! 너는 지난 몇 년 동안 나의 명령을 충실히 따르고 이행했다. 그러한 공로를 봐서라도 내가 너를 특별히 내칠 이유는 없다. 네가 굳이 몽환의 우물을 바치지 않는다 해도 말이야."

"오오."

잔뜩 긴장하고 있던 크라케의 안색이 밝아졌다. 그러나 그는 샤크의 눈빛이 여전히 차갑게 번뜩이고 있음을 보고는 다시 긴장했다.

"하지만 네가 나를 따른다는 것은 본래 타고난 본능과 완전히 상반되는 삶을 살아야 함을 의미한다. 명심해라. 네가 아무리 나의 권속이 되었다 해도 만일 나의 뜻에 위배되는 일을 한다면 절대 용서하지 않을 것이다."

"명심하겠습니다, 로드."

크라케는 감격스러운 표정으로 몸을 떨었다. 그는 너무 긴장해서 다른 말은 잘 들어오지 않았다. 그저 샤크가 그를 권속으로 받아들인다는 것 하나만 확연히 들어왔을 뿐이었다.

"이제 저의 성의를 받아 주십시오, 로드."

그는 그대로 샤크에게 엎드린 채 양손을 앞으로 뻗었다. 순간 푸르스름한 안개와 같은 것이 그의 손에서 나와 샤크의 몸을 휘감았다.

화악!

곧바로 샤크의 두 눈에서 섬광과 같은 빛이 번쩍였다. 이로써 그는 환야의 세계에서 기이한 현상이라 불리는 일루전 트레저 중 두 개를 소유하게 되었다.

Chapter 12

로드의 귀환

광전사의 불꽃과 몽환의 우물.

그것들은 둘 다 불가사의한 힘을 보유하고 있었지만 그 힘을 사용하기 위해서는 끔찍한 조건을 요구하니 문제였다. 그것은 결코 샤크가 들어줄 수 없는 조건이었다.

그러나 다행히 그 어떤 제물을 바치지 않고도 그것들을 활용할 방법이 존재했다. 전혀 다른 용도로 말이다. 그 방법은 샤크가 두 개의 일루전 트레저를 자신에게 영구 귀속시키는 순간 저절로 깨닫게 되었다.

환야에는 수많은 세계들이 속해 있다. 어떤 세계들은 인접해 있어 이동이 수월하지만, 어떤 세계들은 아득히 먼 곳에 위치하여 특별한 차원 이동 마법을 펼치지 않고서는 이동이 불가능했다.

과연 그러한 세계들이 몇 개나 존재할까?

그것은 알 수 없다. 심지어 샤크에게 소마왕으로서의 지식을 알려 준 전달자 노인조차 환야에 도대체 몇 개의 세계가 존재하는지 알 수 없다 했으니까. 환야가 얼마나 넓은 곳인지도.

그만큼 무한하게 넓은 곳이라는 뜻이다. 그리고 그런 광활한 공간 속에 클라우드 대륙과 같은 세계들이 도처에 숨겨져 있었다.

따라서 샤크가 만일 클라우드 대륙에서 본래 있던 마물 숲으로 이동하려면, 어쩜 아득한 세월이 흘러도 쉽지 않을 가능성이 높았다. 그가 아무리 빠른 속도로 끝없이 환야의 벌판을 질주한다 해도 말이다.

그러나 마물 숲에 존재하는 몽환의 우물과 클라우드 대륙에 존재하는 광전사의 불꽃, 이 두 개의 일루전 트레저를 샤크가 소유하게 됨으로써 두 결계가 사실상 하나로 결합된 것이나 마찬가지였다.

츠으으읏!

결계에 찬란한 빛이 번쩍이는가 싶더니 한쪽 벽에 커다란 통로가 생겨났다. 마치 동굴과 같은 그 통로는 신비로운 빛이 물결처럼 흐르고 있어 그 안쪽에 무엇이 있는지 볼 수 없었다.

물론 샤크는 알고 있었다. 저 통로가 바로 마물 숲에 있는 몽환의 우물로 이동하는 통로임을!

출렁!

샤크는 지체 없이 그 통로로 진입했다. 놀랍게도 한 발을 내디뎠다 싶은 순간, 반대쪽 통로로 빠져나왔다. 텅 빈 결계의 중앙에 작은 우물 하나만 보였다. 물론 그 우물은 일루전 트레저인 몽환의 우물이었다.

'순식간에 이곳으로 공간 이동을 한 것인가?'

샤크는 오랜만에 이곳으로 돌아오자 실로 감개무량했다. 본래 이 결계에는 마물 크라케가 만들어 놓은 창고 건물이 있었는데, 몽환의 우물이 샤크에게 귀속되는 순간 그것은 사라져 버렸다. 또한 이곳 결계를 지키고 있던 크라케의 권속 영혼들도 모두 샤크의 몸에 귀속되어 붙어 버렸다.

이는 새로운 주인을 위해 결계가 깨끗이 비워진 것이라 할 수 있었다. 이제 이 결계 속은 오직 샤크가 원하는 것들로 채울 수 있으리라. 물론 광전사의 불꽃이 있는 결계도 마찬가지였다.

'카치카들을 찾아봐야겠군.'

이곳 마물 숲에는 샤크의 부하 마물들이 존재한다. 다름 아닌 카치카들. 당시 샤크는 그들에게 이 숲의 마물들을 잡아먹고 최상급 마물이 되라는 명령을 내린 터였다.

어쩌다 보니 샤크는 몽환의 우물을 통해 클라우드 대륙으로 이동해 몇 년의 시간을 보냈다. 과연 그사이 카치카들이 얼마나 강해졌는지 확인해 볼 필요가 있었다.

물론 카치카들이 모두 죽어 없어졌을 가능성도 배제할 순 없으리라. 강자 존의 법칙이 지배하는 마물 숲에서 그들보다 더욱 강한 마물이 나타났으면 꼼짝없이 당할 수밖에 없는 것이다.

그러나 카치카들이 어디 보통 마물인가?

그들은 샤크로부터 마교 십대 마공 중 하나인 혈왕마겁수를 전수받았고, 그중 일곱이 함께 펼치는 칠마진이라는 합격진도 수련한 터였다.

그런 카치카들이 무려 21마리나 된다. 따라서 적어도 마물 중에 그들을 위협할 만한 존재는 없다고 보는 것이 맞았다.

다만 외부에서 강한 마족이나 혹은 마왕, 아니면 용자나 로아탄과 같은 존재들이 침입해 왔다면 그런 카치카들이라도 당해 내기 힘들었을 것이다.

'살아 있다면 찾을 수 있겠지. 일단 나가 보도록 하자.'

샤크는 결계를 나섰다. 곧바로 울창한 수풀이 우거진 마물 숲의 정경이 시야에 들어왔다.

틱틱틱-

추르르! 추르르르!

큼직한 곤충 형상의 최하급 마물들이 도처에 득실거렸다. 그것들을 보자 샤크는 꿀꺽 군침이 돌았다. 비록 보기에는 징그러웠지만 맛 하나는 끝내주는 것들이었다. 특히 소마왕의 육체를 가진 샤크에게는 아주 적절한 간식거리이기도 했다.

으적으적!

샤크는 그중 하나를 잡아 입에 넣어 씹으며 걸었다. 이게 대체 몇 년 만인가? 역시 마물들의 맛은 하나도 변하지 않았다. 입에 넣어 씹을수록 다디달았다.

샤크는 주위를 두리번거리다 알록달록한 빛깔이 나는 마물 버섯도 하나 따서 입에 넣었다. 역시 맛이 좋았다. 그런 식으로 몇 가지 간식들을 먹으니 기분 좋은 포만감에 절로 입가에 미소가 지어졌다.

'그나저나 카치카 녀석들이 과연 나를 배신하지 않고 기다리고 있을지 의문이군.'

물론 배신할 가능성은 거의 없었다. 당시 배신하면 어떤 일을 당하게 될지에 대한 교육을 철저히 시켰기 때문이다.

그래도 모르는 일이다. 샤크가 사라진 지 오랜 시간이 지난 터라 카치카들도 기다리다 지쳐 어디론가 떠나 버렸을 수도 있으니까.

따라서 샤크는 한편으로 마음을 비웠다. 어차피 그 역시 당시 필요에 의해 카치카들을 부하로 삼았을 뿐, 그들에게 어떤 의리나 정 같은 것은 없었다.

마찬가지로 카치카들 역시 샤크에게 충성심 따위는 존재하지 않으리라. 두려움과 공포로 인한 복종심은 존재하겠지만.

'그래도 만일 날 배신하지 않았다면 기특하다고 할 수 있겠지.'

그건 그렇고, 대체 이 넓은 마물 숲에서 카치카들을 어떻게 찾을 수 있을까? 이 숲의 끝이 어디인지, 심지어 얼마나 넓은지도 알 수 없는 터라 무작정 카치카들을 찾아 헤맬 수도 없었다.

'그렇지. 녀석들이 만일 날 기다리고 있다면 분명 그 동굴에서 대기하고 있을 것이다.'

이 숲에는 샤크가 한동안 살았던 동굴이 있다. 카치카들도 그 동굴에 들어왔다가 샤크의 부하가 되었으니까.

'저쪽이로군.'

샤크는 그 동굴이 있는 곳으로 향했다. 숲의 지형은 크게 변한 것이 없는 터라 그곳을 찾는 것은 어렵지 않았다.

잠시 그렇게 걸었을까? 샤크는 어디선가 커다란 포효 소리가 울려 퍼지는 것을 들었다.

"쿠오오오오오!"

"쿠아아아앙!"

딱 들어도 마물들이 뒤엉켜 싸우는 듯한 소리였다. 혹시나 싶어 샤크는 그쪽으로 신형을 날렸다. 그러다 일순 그의 두 눈이 커졌다.

'저놈들은?'

울창한 숲이 끝나고 푸른 초원이 끝없이 늘어서 있는 그곳에는 두 패거리들이 서로를 노려보며 대치 중이었다.

놀랍게도 그중 한 패거리는 카치카들이 이끄는 상급 마물들이었다. 가히 1백여 마리는 되는 듯한 마물들의 선두에는 딩치가 커다란 카치카 21마리가 우뚝 서 있었다. 물론 그들은 샤크의 부하들이 분명했다.

'모두 살아 있었군.'

샤크의 입가에 흡족한 미소가 맺혔다. 카치카들이 전원 생존해 있을 줄이야. 그것도 모두 크라케 못지않은 강력한 최상급 마물의 기세를 뿜어내고 있었다.

또한 더욱 놀라운 일은, 그 21마리의 카치카들 중 우두머리라 할 수 있는 쿠룬의 몸에서는 다른 카치카들보다 가히 열 배 이상 강력한 마기가 뿜어져 나오고 있다는 사실이었다.

'선천마기?'

어찌 마왕에게나 존재하는 선천마기의 기운이 쿠룬으로부터 느껴진다는 말인가? 물론 샤크는 그 이유를 어렵지 않게 짐작할 수 있었다.

'녀석이 소마왕의 심장을 먹은 것이 분명하군.'

틀림없었다. 그렇지 않고서야 한낱 마물이었던 쿠룬이 선천마기를 가지기란 불가능했다. 샤크 역시 처음 환야에 태어났을 때 마물들이 우르르 몰려들어 그를 잡아먹으려 하지 않았던가.

당시 로아탄 카렌이 아니었다면 샤크는 꼼짝없이 마물들의 먹잇감이 되어 사라졌을 것이다. 갓 태어난 소마왕은 마물들의 공격 앞에 무력할 수밖에 없으니까.

아마도 그와 같은 상황이 또 펼쳐졌던 모양이다. 이 숲에 소마왕이 태어나자 이 마물 숲의 지배자들이라 할 수 있는 카치카들이 그를 차지했을 것이고, 그중 가장 우두머리인 쿠룬의 입으로 소마왕의 심장이 들어갔을 가능성이 농후했다.

'후후. 소마왕의 심장을 먹다니, 꽤 운이 좋은 녀석이군.'

마물이 힘 약한 소마왕을 잡아먹는 것은 당연한 일이다.

더구나 샤크의 부하 마물이 그런 일을 벌였다면 더욱 환영할 만한 일이었다. 그만큼 강한 부하가 되었을 테니까.

확실히 그래서인지 쿠룬에게서 느껴지는 기세는 실로 가공할 만했다. 아직은 부족한 감이 많았지만 저대로라면 언젠가 아까 샤크가 해치웠던 마왕 쿠드나스 못지않은 능력을 보유하게 될 것이다.

그건 그렇고, 카치카들과 맞서는 이들은 누구일까? 대략 수백여 마리의 상급 마물들을 이끌고 있는 그 패거리의 앞쪽에는 짙은 마기를 풍기는 일단의 존재들이 있었다. 그들로부터 풍기는 마기는 카치카들을 능가했다.

'마족들이군.'

인간 여성의 형상을 하고 있기도 했고, 미노타우루스나 오우거와 같은 몬스터 형상을 하고 있는 마족들도 보였다. 그런 마족들이 대략 수십여 명이나 있었다.

딱 보니 마족들이 마물들을 이끌고 이 숲에 침범한 탓에 카치카들이 그들과 맞서고 있는 듯했다. 특히 마족들 중의 하나는 다른 마족에 비해 매우 강력한 마기를 뿜어내고 있었는데, 놀랍게도 그 마족은 흑발의 매우 아름다운 여인의 형상을 하고 있었다. 샤크는 그녀가 대략 최상급 마족임을 짐작했다.

샤크의 예상대로 그녀는 바로 최상급 마족 루델이었다.

그녀는 자신의 부하 마족들과 권속 마물들을 이끌고 환야를 방랑하던 중 이곳 마물 숲을 발견했던 것이다.

방랑하는 마족에게 마물 숲은 보물섬이나 마찬가지였다. 쓸 만한 마물들을 찾아 자신의 권속으로 삼을 수 있기 때문이다. 자연스레 루델은 이곳 마물 숲의 지배자들인 카치카들에게 눈독을 들였다.

보통 최상급 마족들은 마족이 아닌 마물들에게는 별다른 관심을 보이지 않지만 방랑 마족인 루델로서는 자신의 세력 보충을 위해 마물들이라 해도 가릴 처지가 아니었다.

사실 최상급 마족인 루델 정도가 나타나면 마물들은 그녀의 권속이 되지 못해 안달이 나야 했다. 루델 역시 당연히 카치카들도 그럴 것이라 예상했는데, 이게 웬일인가? 카치카들은 그녀를 보고 두려워하거나 복종하기는커녕 오히려 적개심을 가지고 공격해 왔다.

한낱 마물들 따위가 최상급 마족에게 덤비다니. 그것은 실로 가소로운 일이 아닐 수 없었다. 그러나 놀랍게도 카치카들의 전투력은 상상을 초월했다. 특히 그들은 집단전에 있어 불가사의한 전투력을 발휘했고, 심지어 쿠룬이라는 카치카 우두머리 녀석은 소마왕의 심장을 먹고 무식하게 강해진 터였다. 그는 무려 최상급 마족인 루델과 일대일로 맞붙어도 밀리지 않는 가공할 능력을 지니고 있었던 것이다.

그로 인해 무려 수십여 차례나 전투를 벌이고도 루델은 아직 카치카들을 제압하지 못했다. 오히려 그 와중에 마족 다섯과 수백여 마리의 마물들을 잃고 말았다.

물론 카치카들의 피해도 만만치 않았다. 본래 카치카들 휘하에는 대략 1천여 마리나 되는 상급 마물들이 있었는데, 이제 그중 10분의 1 정도만 생존해 있을 뿐이었다.

이대로라면 조만간 카치카들 휘하의 상급 마물들은 한 마리도 남김없이 죽게 될 것이다. 루델은 그때를 노려 카치카들을 굴복시킬 작정이었다.

"카치카들이여! 마지막으로 경고하겠다. 이제라도 나의 권속이 되는 것이 어떠냐? 그러면 나는 너희들을 살려 줄 뿐 아니라 뭐든 할 수 있도록 해줄 것이다."

쿠룬이 그녀를 노려보며 말했다.

"쿠르르! 우리에게 복종이란 없다. 죽을 때까지 맞서 싸운다."

"오호호홋! 하찮은 마물 따위가 나와 같은 고귀한 존재에게 저항하다니. 오늘은 기필코 네놈들의 고기로 연회를 열도록 해야겠구나. 뭣들 하느냐? 놈들을 쓸어버려라!"

루델이 손짓하자 그녀의 부하 마족들과 마물들이 기다렸다는 듯 카치카들을 향해 돌진해 왔다. 그러자 쿠룬이 힘차게 포효를 지르며 외쳤다.

"쿠르릉! 모두 두려워 말고 맞서 싸워라. 저들은 절대 우리를 이길 수 없다."

"크르!"

"키키키킥!"

쿠룬의 포효에 카치카들과 그들의 부하 마물들의 눈빛이 강렬하게 번뜩였다. 곧바로 마족들과 마물들이 어우러진 치열한 격전이 벌어졌다.

'흠.'

샤크는 잠시 그 장면을 지켜봤다. 전투가 벌어지기 전에 말릴 수도 있었지만 그로서는 자신의 카치카 부하들이 어느 정도의 실력을 쌓았는지 눈으로 확인해 보고 싶어서였다.

사실 마족들이 카치카들을 쉽게 제압하지 못하는 가장 큰 이유는 카치카들에게 마법이나 주술에 대한 면역 능력이 있기 때문일 것이다. 마족들이 오직 물리적인 공격으로만 충격을 입는 카치카들을 때려눕히기란 쉬운 일이 아니었다.

'놀랍군. 대부분 혈왕마겁수를 칠 성 가까이 익혔다니.'

두 눈으로 보지 않았다면 믿기 힘들었으리라. 그사이 카치카들 대부분이 마교 십대 마공 중 하나인 혈왕마겁수를 칠 성 정도 성취한 터였다.

그중에서 단연 압도적인 카치카는 물론 쿠룬이었다. 최상급 마족인 루델과 맞붙어도 전혀 뒤지지 않는 쿠룬의 양손에서 거대한 손 형상의 붉은 오러가 피어난 것을 본 샤크는 놀라 입을 쩍 벌렸다.

'극성의 혈왕마겹수!'

어쩐지 아무리 소마왕의 심장을 먹었다 해도 쿠룬이 최상급 마족과 맞먹는 전투력을 갖기란 쉽지 않았다. 그러고 보니 극성을 이룬 혈왕마겹수가 그것을 가능케 한 모양이었다.

그뿐만 아니라 카치카들의 칠마진 또한 흠잡을 수 없을 정도로 완벽했다. 그로 인해 개별 전투력이 카치카들보다 월등한 마족들이 카치카들에게 오히려 밀리고 있는 상황이었다.

어쨌든 샤크는 더 이상 저들의 전투를 방치할 이유가 없었다. 그는 힐끗 주변을 훑어보다 거대한 바위 하나를 발견했다.

'저게 좋겠군.'

샤크는 바위를 발로 툭 차올렸다. 미증유의 무극지기가 깃든 그의 발힘은 거대한 바위를 카치카들과 마족들의 전장 상공으로 날려 올렸다.

휘이이익-

자신들의 머리 위에 거대한 바위가 날아오르고 있었지만 모두들 미친 듯이 전투에 몰두하느라 아무도 알아차린 이가 없었다. 샤크는 슬쩍 손을 흔들었다.

콰아아앙!

거대한 폭음과 함께 바위가 산산조각 났다. 마치 하늘이 무너져 내리는 듯한 굉음에 카치카들과 마족들, 다른 마물들 모두가 깜짝 놀라 일제히 고개를 들어 상공을 쳐다봤다.

대부분 부서진 바위 조각들이 우박처럼 떨어져 내리는데도 피하지 않고 멍한 표정을 지었다. 그러다 카치카들 중 하나가 문득 고개를 돌려 한쪽을 쳐다봤다. 그곳에는 샤크가 팔짱을 낀 채 오연히 서 있었다.

"쿠, 쿠르…… 로드!"

그 카치카는 두 눈을 부릅떴다. 로드라니! 다른 카치카들도 깜짝 놀라 고개를 돌렸다. 그러다 샤크의 모습을 발견한 카치카들의 몸이 부르르 떨렸다.

"쿠오오오오오!"

쿠룬이 포효를 날리며 달려왔다. 다른 카치카들도 그의 뒤를 따랐다.

두두두두!

그들의 기세는 사뭇 험악했고, 이글거리는 눈빛은 사납

기 그지없었다. 누가 보면 샤크를 공격하기 위해 달려오는 것이라 볼 정도였다. 샤크 역시 인상을 살짝 찌푸렸다.

'흠? 저놈들이 감히!'

설마 배신을? 샤크의 두 눈이 가늘어졌다. 그러나 그것은 오해였다. 흡사 마왕과 같은 풍모를 풍기며 선두에서 달려오던 쿠룬이 샤크의 앞에서 우뚝 멈추더니 그대로 이마를 땅에 박았다.

콰앙!

얼마나 세차게 박았는지 지축이 울렸다. 동시에 쿠룬의 입에서 우레와 같은 음성이 울려 퍼졌다.

"충……!"

충(忠)이라! 절대적인 충성을 의미하는 단어로, 샤크가 예전에 가르쳐 준 적이 있긴 했다. 몇 년 만에 만난 로드에게 그 말로 자신의 마음을 표현하는 쿠룬이었다. 다시 말해, 절대 배신 따위는 하지 않았음을 강조한 것이기도 했다.

쿵! 쿠웅!

그의 뒤를 따라온 카치카들 또한 일제히 땅에 머리를 박으며 오체투지의 자세를 취했다.

"추웅!"

"충……!"

그러고 보니 조금 전 사납도록 이글거리던 카치카들의 눈빛은 충성심의 표현이었나 보다. 샤크로서는 왠지 가슴이 뭉클하지 않을 수 없었다.

'의외로군.'

정말로 의외였다. 카치카들은 단순히 샤크가 두려워서 지금껏 기다린 것이 아니라 샤크에게 진심으로 굴복해 있었던 것이다.

'이 녀석들이 웬만한 인간들보다 나은 구석이 있군.'

특히 쿠룬의 경우는 소마왕의 심장까지 먹은 터라 더더욱 야심이 생길 법도 한데, 그가 가장 모범적으로 샤크에게 충성심을 보여 주었다. 샤크는 오체투지 상태로 엎드려 있는 쿠룬의 머리를 슥 쓰다듬어 주며 말했다.

"꽤 강해졌구나."

"쿠르! 소, 소마왕을 잡아먹어서 그렇습니다."

쿠룬은 솔직하게 말했다. 샤크는 씩 웃었다.

"운이 좋았군. 앞으로 기대하겠다."

"충!"

쿠룬은 이마를 다시 땅에 박았다. 저러다 이마에 상처가 나지 않으려나? 그러나 그런 걱정은 할 필요가 없었다. 카치카의 이마는 강철보다 단단하다. 땅에 상처가 날지언정 그들의 이마에는 작은 생채기 하나 생기지 않을 터였다.

한편, 그때 루델과 그녀의 부하들은 이러지도 저러지도 못하고 어색한 표정으로 석상처럼 서 있었다. 그들은 샤크가 얼마나 엄청난 존재인지 이미 눈치챈 터였다.

일단 그들이 그토록 굴복시키려 했던 카치카들이 샤크를 향해 절대 충성의 표현을 한 것만으로도 대단한 일이었다. 루델은 샤크가 바로 이 마물 숲의 진정한 주인이라 확신하고는 몸을 떨었다.

'이거 잘못 걸렸구나.'

방랑 마족으로 오랜 세월 황야의 벌판을 떠돌던 루델은 어쩌면 오늘 그 파란만장했던 삶을 마감하지 않을까, 하는 우려도 들었다. 만일 샤크가 이 숲의 주인이라면 그동안 카치카들을 괴롭히고 적지 않은 마물들을 죽인 자신을 결코 용서하지 않을 테니 말이다.

스윽.

공교롭게도 바로 그때, 샤크가 고개를 돌려 루델을 노려봤다.

흠칫.

루델은 깜짝 놀라 재빨리 시선을 내리깔고 고개를 숙였다. 그 순간 샤크가 먼 거리를 한걸음에 이동해 루델의 앞에 섰다. 루델은 움찔 놀라 한 걸음 물러섰다.

"넌 뭐냐?"

샤크가 무뚝뚝한 음성으로 물었다. 루델이 재빨리 대답했다.

"루델 오보투스 카리마이나……입니다."

"이름이 길군."

"그냥 루델이라고 불러 주세요."

"좋아, 루델이라 부르겠다."

"제 이름을 불러 주시다니, 정말 영광이에요. 호호호!"

루델은 호들갑을 떨며 웃었다. 샤크는 인상을 찌푸렸다.

"별게 다 영광이군. 그보다 이 숲에서 왜 내 부하들을 괴롭히고 있었는지 그 타당한 이유를 대보아라. 물론 합당한 이유가 없다면 응당한 대가를 치르게 될 것이다."

순간 루델의 안색이 일그러졌다. 숲을 침범하는 데 무슨 타당한 이유가 있을까? 그냥 약탈하고 싶어 왔고, 쓸 만한 마물들이 보이기에 굴복시키려 했을 뿐이다. 물론 그 말을 그대로 했다간 어떤 봉변을 당할 것인지 눈에 선했다.

"왜 대답이 없나?"

그때 샤크가 다시 싸늘히 물었다. 순간 루델은 결연한 표정으로 납작 엎드리더니 이마를 땅에 박았다.

쾅!

"충!"

그뿐이 아니었다. 루델이 그렇게 하자 옆에서 눈치를 보던 그녀의 부하 마족들과 마물들도 일제히 엎드려 이마를 땅에 찍었다.

쾅! 쿵! 콰앙!

"충!"

"추웅-!"

설마 카치카들이 하는 것을 보고 따라 하는 것인가? 샤크는 시큰둥한 표정으로 루델에게 물었다.

"지금 뭐하는 것이냐?"

"로드께 충성을 맹세합니다. 받아 주세요."

"충성이라……? 그 전에 할 말은 없느냐?"

"네?"

루델이 고개를 들어 무슨 말이냐는 듯 샤크를 쳐다봤다. 샤크는 냉소했다.

"네가 내게 충성을 바친다니 일단 두고 보겠다만, 그 전에 짚고 넘어가야 할 일이 있음을 모르느냐?"

"솔직히 잘 모르겠어요."

루델은 고개를 갸웃했다. 그러자 샤크의 입가에 다시 냉소가 맺혔다. 그의 두 눈에서 섬뜩한 한기가 폭사되었다.

"그럼 생각나게 해주지."

뭔가를 잘못했을 때, 자신이 무엇을 잘못했는지에 대해 알고 있는 것은 매우 중요하다. 그래야 다음부터 그러한 잘못을 하지 않기 위해 조금이나마 노력이라도 할 수 있기 때문이다.

그런데 자신이 무엇을 잘못했는지 모른다면 어떻게 될까? 당연히 그 잘못된 행동은 반복될 것이다.

따라서 훈계를 하는 데 있어 가장 중요한 부분은 자신의 잘못을 깨닫게 하는 것이고, 그것을 후회하게 만드는 데 있었다. 그것이 바로 샤크의 지론이었다.

퍽퍽-! 콰직! 콱콱콱!

"아……아악! 꺄아아악! 꾸아아악!"

루델은 비명을 질렀다. 마족으로 태어나 적지 않은 풍상을 겪었지만 이렇게 심하게 맞아 본 적은 처음이었다.

그녀가 겪은 풍상은 어떤 것이었을까?

한때 그녀가 섬기던 마왕이 용자에게 죽임을 당해 그녀 역시 죽을 처지에 놓였다가 간신히 탈출했던 일, 오르덴들의 감옥에 갇혀 수백 년 동안 노역을 했던 일. 그뿐인가? 공연히 지나가는 마왕에게 잘못 찍혀 저주를 받아 한동안 힘없는 오크로 폴리모프되어 살아야 했던 적도 있었다.

따져 보자면 하나같이 눈물 없이 들을 수 없는 사연들이었지만, 그래도 지금처럼 말 그대로 개 맞듯이 맞은 적은 없었다. 명색이 최상급 마족이라 아무리 성질이 더러운 마왕들이라도 어느 정도 예우는 해주었기 때문이다.

퍽퍽퍽퍽-! 우직! 우드드득!

"아아악!"

그러나 샤크는 무자비했다. 전생에서의 그가 가진 수많은 특기 중에 가장 백미라 할 수 있는 구타술은 최상급 마족이라 해도 혀를 내두르게 할 만큼 가공스럽기 그지없었다.

옆에서 그 모습을 지켜보던 다른 마족들도 공포에 질려 간이 철렁 내려앉을 정도였다.

그런데 그 순간, 샤크가 그들을 슥 노려보더니 말했다.

"이리 와라. 너희들도 좀 맞아야겠다."

"……!"

마족들은 움찔했다. 그들은 기겁하여 뒷걸음질 치려 했지만 그것은 그저 그들의 생각일 뿐 모두 상상할 수 없는 극렬한 고통을 느끼며 땅바닥에 내팽개쳐지고 말았다.

퍼퍼퍼퍽! 파파팍-

"크아아악!"

"케에엑! 사, 살려…… 쿠어억!"

대체 왜 맞는데? 이유나 좀 알고 맞자며 항의하고 싶었지만 그런 말을 입 밖으로 낼 만한 틈도 없었다.

불가사의하게도 샤크의 구타 속도는 하나를 때리나, 수십 명을 때리나 동일했다. 모두가 똑같은 속도로 누구 하나 덜 맞거나 더 맞는 일 없이 공평하게(?) 맞았다. 오죽하면 마족들이 맞으면서도 신기하게 느낄 정도였다.

그렇게 시작된 샤크의 구타는 좀처럼 그칠 줄 몰랐다. 옆에서 그 모습을 지켜보던 마물들은 겁에 질려 떨었다. 그들은 혹시라도 샤크의 구타가 자신들에게도 이어질까 두려웠지만, 다행히 샤크는 그들에게 별 관심이 없었다.

천만다행이었다. 마물들은 그동안 항상 자신들이 왜 마족으로 태어나지 못했을까, 하는 한탄을 한 적이 많았는데 적어도 지금 이 순간만은 자신들이 마족이 아닌 마물이라는 것이 얼마나 다행인가 싶었다.

파파파팍- 우지직! 콱콱콱!

"꾸어억! 컥!"

"끄아아악!"

"아악! 아아아악!"

마족들이 죽도록 맞는 장면을 카치카들은 멀리서 두려움과 흥미가 뒤섞인 표정으로 조심스레 지켜봤다. 그들도 한때 저렇게 맞아 본 적이 있었던지라 왠지 감회가 새롭기도 했다.

'쿠르! 예전에도 그랬지만 로드는 정말 무섭다.'

'우, 우리도 조심해야 한다.'

카치카들은 군기가 바짝 들었다. 그들은 알아서 더욱 잘하자며 서로에게 다짐했다. 그러면서도 한편으로는 계속 흥미진진한 표정으로 마족들이 맞는 장면을 지켜봤다. 그렇지 않아도 마음에 들지 않는 마족들이었는데 그들이 죽도록 맞는 장면을 보자 속으로 통쾌하기 그지없었다.

"이제 생각이 좀 났느냐?"

일순 샤크가 구타를 멈추고는 불쑥 물었다. 순간 루델이 움찔했다. 생각이 나건 안 나건 무조건 대답해야 하리라. 그렇지 않으면 또 어떤 끔찍한 꼴을 당할지 모르니까.

"가, 감히 로드의 부하들을 괴롭혔던 것이 잘못이었습니다. 진실로 뉘우치고 있으니 용서해 주세요. 흑-!"

루델이 훌쩍이며 대답하자 샤크가 비로소 고개를 끄덕였다.

"좋아. 잘못을 알고 있다는 것은 중요한 일이다."

"명심하겠어요, 로드!"

루델은 로드라는 말을 강조했다. 이제 자신도 샤크의 권속이 되었으니 좀 봐달라는 뜻이었다. 이 와중에도 제법 잔머리를 굴리고 있으니, 과연 최상급 마족다웠다. 샤크는 그녀를 힐끗 노려보며 싸늘히 말했다.

"오늘은 이 정도로 가볍게 끝낸다만 이후로 또 잘못을 범한다면 절대 용서치 않을 것이다. 알았느냐?"

이게 가벼운 것이라고? 루델은 속으로 어이가 없었지만 이내 미소를 지으며 대답했다.

"잘 알았어요."

"또한 너희들이 나를 로드로 섬기겠다고 하니 일단은 받아들인다. 다만, 내가 세상에서 가장 싫어하는 것이 있지. 그것이 무엇인지 아느냐?"

"그, 그게……."

루델은 움찔 몸을 떨었다. 왠지 샤크의 질문에 제대로 답을 하지 못하면 또 죽도록 맞을 것 같아서였다. 그러나 그녀가 어찌 샤크가 가장 싫어하는 것이 무엇인지 알겠는가?

"잘 모르겠어요."

사색이 되어 간신히 대답하는 루델을 향해 샤크는 무뚝뚝한 음성으로 말했다.

"모르는 게 당연하다. 만일 안다고 했으면 거짓말을 한 죄를 물었을 것이다."

"……!"

루델은 속으로 가슴을 쓸었다. 짐짓 아무거나 아는 척 대답했으면 큰일 날 뻔했던 것이다. 그때 샤크가 루델과 다른 마족들을 쓸어 보며 크게 외쳤다.

"기억해 둬라! 내가 가장 싫어하는 것은 배신이다. 너희들 중 단 하나라도 배신자가 나온다면 그 배신자는 물론이요, 그것을 방관한 놈들도 모두 내 손에 죽게 될 것이다."

배신자뿐 아니라 그것을 방관한 자들도 죽는다. 그 말에 루델 등은 침을 꿀꺽 삼켰다. 그 말은 곧 누군가가 배신하면 나머지도 모조리 죽인다는 말과 다름없었다. 루델은 힐끗 다른 마족들을 노려보며 으름장을 놓았다.

"으득! 배신하는 놈들은 내 손에 먼저 죽을 거야. 알아들어?"

"무, 물론입니다."

"배신 따윈 꿈도 꾸지 않을 것입니다."

마족들은 몸을 떨었다. 그들 모두 루델과 같은 생각이었다. 모두들 샤크가 어떤 존재인지 직접 몸으로 체험해 본 터라 두 번 다시 그런 끔찍한 꼴을 당하고 싶진 않았다.

"이제 너희들은 모두 나의 부하가 되었으니 이후로 싸움을 금한다."

"예, 로드."

이렇게 마물 숲에는 다시 평화가 도래했다. 샤크는 카치카들에게 몽환의 우물이 있는 결계를 지키라 명령한 후 루델을 비롯한 마족들을 데리고 광전사의 불꽃이 위치한 결계로 향했다.

그러나 이들이 흉물스러운 마족의 모습 그대로 클라우드 대륙에 가게 되면 인간들이 공포에 질릴 것이다. 샤크는 떠나기 전 마족들을 모두 인간이나 이종족의 모습으로 변신하라 명했다.

루델은 이미 인간 여성의 모습이라 따로 변신할 필요가 없었다. 다른 마족들은 각각의 취향에 따라 인간 남성이나 여성으로 변했고, 일부는 엘프나 드워프로 변신하기도 했다.

"좋아, 그 정도면 됐다. 너희들이 마족이라는 것을 인간들이 절대 알지 못하도록 주의해야 한다."

"예, 로드."

샤크가 볼 때, 마족들은 모두 마법이나 주술에 능해 여러 잡일을 시켜 먹기 편할 듯했다. 물론 이들은 주로 광전사의 불꽃이 있는 결계를 지키는 임무를 수행하게 되겠지만, 그것

말고도 시킬 일은 많았다.

특히 오랜 세월 동안 환야의 벌판을 떠돌며 갖은 풍상을 경험한 최상급 마족 루델의 경우는 샤크에게 환야에 대한 여러 지식을 알려 줄 수 있을 것이다. 샤크는 그녀를 자신의 부관이자 시종으로 임명했다.

출렁-

잠시 후, 결계의 통로를 통해 샤크와 루델 등이 연이어 걸어 나오자 그때까지 그곳을 지키고 있던 크라케의 두 눈에 경악이 어렸다. 그는 한눈에 샤크를 뒤따라온 자들이 마족인 것을 알아본 것이다.

"로드! 돌아오셨습니까?"

크라케는 마족들의 눈치를 힐끔 보며 말했다. 비록 그가 웬만한 중급 마족 정도는 두려워하지 않을 정도의 능력을 가지고 있지만, 그래도 마족들을 마음 편하게 바라볼 수는 없었다. 태생적으로 마물에게 마족은 두려움의 대상일 수밖에 없는 것이다.

그런데 그때, 샤크가 전혀 뜻밖의 말을 했다.

"루델을 제외한 너희들은 이후로 크라케의 지시를 따르도록 해라. 크라케가 너희들의 직속상관이 될 것이다."

그 말에 마족들뿐 아니라 크라케 또한 놀라 두 눈을 부릅떴다. 아무리 세상이 거꾸로 돌아간다 해도 그렇지, 어찌 마족들이 마물의 직속 부하가 된다는 말인가?

그러나 불과 방금 전에 샤크에게 정신교육을 받은 마족들은 아무런 이의도 제기하지 않았다. 그들에게 샤크의 명령은 절대적이었으니까. 아마 그들은 마물이 아니라 인간이나 몬스터를 직속상관으로 모시라 해도 군소리 없이 따랐을 것이다.

"크라케 님을 뵙습니다."

"앞으로 잘 부탁드립니다, 크라케 님."

루델을 제외한 마족들은 자신들의 직속상관이 된 크라케를 향해 공손히 허리를 숙여 인사했다.

"험! 나야말로 잘 부탁하겠다."

크라케는 로드인 샤크가 자신을 배려해 주었음을 깨닫고 가슴이 뭉클했다. 마물로 태어나 마족들을 수족으로 부릴 수 있게 된다는 건 아주 특별한 일이었다.

"크라케, 이제부터 너의 임무는 앞으로 이곳 광전사의 불꽃이 있는 결계를 지키는 일이다. 나의 허락이 없는 한 그 누구도 이 결계로 들어오지 못하게 해라."

"예, 로드."

물론 몽환의 우물이나 광전사의 불꽃 같은 일루전 트레저는 누군가 이곳 결계에 침입한다 해도 약탈이 불가능했다. 그것들은 샤크에게 영구 귀속되어 있기 때문이다.

그러나 결계들에는 서로 다른 두 세계를 이어 주는 통로가 존재하기에 아무나 들락거리게 할 수는 없었다. 또한 그곳들에 일루전 트레저가 존재한다는 사실도 결코 알려져서는 안 되는 일이었다.

'그나저나 모두 목이 빠져라 기다리고 있겠군. 빨리 나가 봐야겠다.'

샤크는 라우벤 등을 떠올렸다. 아마 그들은 샤크가 마왕과 싸웠다는 사실은 상상도 못 할 것이다. 샤크 역시 굳이 그러한 사실을 그들에게 말해 줄 생각은 없었다.

마왕과 마족! 일루전 트레저! 환야의 거대 세계!

이런 것들이 실존한다는 것을 알게 되면 평범한 인간들이 평화롭게 살아가는 데 오히려 방해만 될 뿐이다. 그냥 사악한 드래곤을 해치웠다는 정도로 얘기해 주는 것이 가장 좋을 듯했다.

곧바로 샤크는 결계 밖으로 나갔다. 그 뒤를 루델이 공손히 따라갔다.

〈다음 권에 계속〉

天下第一
천하제일

ORIENTAL FANTASY STORY & ADVENTURE

장영훈 신무협 장편소설

**완전판으로 돌아온 NAVER 웹소설
무협 부문 최고의 인기작!**

1년 후 강호가 멸망한다.
그것을 막을 자는 인시에 태어난 이화운뿐.
그를 찾아 위기에 빠진 강호를 구하라!

미모와 실력을 겸비한 여인 설수린, 수수께끼의 사내 이화운.
예견된 운명을 뒤집으려는 그들의 파란만장한 여정이 시작된다.

dream books
드림북스

수라왕

이대성 신무협 장편소설

NAVER 웹소설 인기 무협 『수라왕』,
책으로 다시 돌아오다.

산법에 뛰어난 재능을 지닌 명석한 소년, 초류향.
진리를 깨우치고 숫자로 세상을 보게 된 소년,
그가 강호에 첫발을 내딛는다.

인물들의 외전과 뒷이야기를 정리한 설정집 수록!

dream books
드림북스

DREAMBOOKS

DREAMBOOKS

DREAMBOOKS

DREAMBOOKS